「……逃がしてくれるの？　どうして？」

ジルベルトは、軽く息を吐くと、
紫色の瞳で真っすぐ彼女を見た。

「クレアは、何か悪いことをしたのか？」

「してませんっ！」

そう小さく叫びながら、彼女は涙がこぼれそうになった。

ラーム
ノア
クレア
ジュレミ

男性不信の元令嬢は、好色殿下を助けることにした。

著 優木凛々　ill. 鳥飼やすゆき

CONTENTS

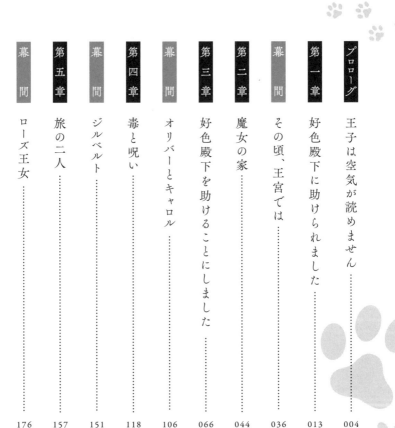

プロローグ　王子は空気が読めません

「クレア・ラディシュ！　貴様のような魔法一つ満足に使えないような無能は、王子たる私の婚約者として相応《ふさわ》しくない！　今日この時をもって、婚約を破棄する!!」

淡い色の花やリボンで美しく飾り付けられた、天井の高い白壁の会場に、場違いな怒声が響き渡る。

色とりどりのドレスや礼服に身を包んだ生徒たちが、ビクリとして声の方向に目をやると、会場の中央に三人の人物が立っていた。

薄いピンク色の礼服を着て仁王立《におうだ》ちしているのは、金髪緑眼、いかにも女性にモテそうな甘いマスクの、スタンダール王国の第二王子オリバー。

「オリバーさまぁ。そんな風に言ったらクレア様が可哀《かわい》そうですぅ」

その王子に腕を絡めているのは、金色のひらひらしたドレスに、ピンクのふわふわ髪、緑色の垂れ目でオリバーと只《ただ》ならぬ仲と噂《うわさ》の、キャロル・マグライア男爵令嬢。

「……」

そして、黒いレースの扇を口元に当てて、青い瞳《ひとみ》で正面に並ぶ二人を冷たく見据えているのが、クレア・ラディシュ辺境伯令嬢。黒紺の飾り気のないドレスに、銀髪をきっちりまとめ髪にした、オリバー王子の婚約者だ。

会場にいる生徒たちは、眉《まゆ》を顰《ひそ》めた。

今日は、三百年の歴史を誇る名門貴族学校、セントレア王立学園の伝統行事、『卒業生謝恩パーティ』。在校生を中心に企画開催され、準備期間は約六か月。招待状の作成や、当日の講堂の飾りつけまで、全て在校生の手で行われる心のこもった手作りパーティだ。例年であれば、

「先輩、お世話になりました」

「いやいや、こちらこそ、こんな素敵なパーティに招いてくれてありがとう」

「今年の会場の飾りつけは実に素晴らしい」

「このお料理も本当に美味《おい》しいわ」

など、和気あいあいと食事と会話を楽しむ場になるのだが、今年は開始早々の怒号。しかも、怒鳴っている内容が、どう聞いても個室で話すべき内容だ。場を弁《わきま》えない王子のお陰で、在校生の半年間の努力が水の泡。生徒たちの王子を見る目はとても冷たい。

そんな生徒たちの様子など意にも介さず、勝ち誇ったオリバーがクレアが如何《いか》に王妃に相応しくないかを、得々と並べ立てる。魔力だけ高くて魔法が使えない無能な上に、婚約者の権力を笠《かさ》に着てキャロル男爵令嬢をいじめた、等々、一方的にクレアを罵倒する。

三人から少し離れたところに立っていた令嬢が、扇で口元を隠しながら他《ほか》の令嬢に囁《ささや》いた。

「オリバー様は一体何をおっしゃっているのかしら。無能だなんて的外れもいいところですわ」

「ええ、私もそう思いますわ。ご覧になって。クレア様のあの冷静な様子」

「この状況で全く動揺しないなんて、さすがですわ」

同じようなつぶやきが会場のあちこちで起こる。さすがはクレア様、こんな時でも落ち着いていらっしゃるわ、と。

しかし、当のクレアは、

(またやらかしてくれましたわねー！　このお馬鹿《ばか》王子ー！)

と、心の中で大絶叫。全く落ち着いていなかった。

一学年下のオリバーが王立学園に入学してきてから二年間。彼女は常にその尻拭《しりぬぐ》いに追われていた。

入学式では、下級貴族を無視して問題になり。

武術大会では、王族の権力を使って八百長《やおちょう》しようとして問題になり。

文化祭では、国王の名前を使って強引な客引きをして問題になり。

それはまあ、色々とやらかしてくれた。

それらに対し、相手を宥《なだ》めすかしたり、金貨を積んだり、時には権力を持ち出したりと、あらゆる手段でその尻拭いをしてきたのは、婚約者であるクレアだ。今回の騒ぎも当然もみ消さなければならないのだが……。

(こんなの無理！)

有能なクレアをもってしても、事態は今までの比ではないほど絶望的だった。

まず、内容が最悪。政治的利用価値のない男爵令嬢に惚《ほ》れ込んで、公衆の面前で辺境伯令嬢との婚約を破棄するなど、自分が馬鹿だと大声で証明しているようなものだ。

しかも、目撃者が多すぎる。今日のパーティの出席者は、生徒全員。無かったことにするなど不可能だ。

(そもそも、なぜこんなことになってるんですの⁉)

側近の男性たちは一体何をしているのか、と、周囲を見回す。そして、側近たちが、オリバーと一緒になって、まるで親の仇《かたき》でも見るような目で自分を睨《にら》みつけているのを発見し、「なんなのよー！」と、髪の毛を掻《か》きむしりたくなった。

(ちょっと！　何をしてるのよっ！　貴方《あなた》たちまで馬鹿になってどうするのよ！　早くどうにかしないと、謝恩パーティが台無しになってしまうわ。なにより、王妃様に叱《しか》られる！)

扇で口元を隠しながら、何とか誤魔化す手はないかと、必死に頭を働かせるクレア。

と、その時。彼女の目に、扇を持つ自分の手が映った。

ここ三か月ほど、クレアは膨大な書類仕事に追われていた。というのも、次期生徒会長のオリバーに「現生徒会長のお前が来年分の仕事を全部終わらせて卒業するのが筋だろう」と言われ、寝る間も惜しんで膨大な事務仕事を必死にこなしていたからだ。

お陰で彼女の手はボロボロ。紙に水分を奪われカサカサ。指先にはどうしても取れないインク跡が残っており、切りそろえられた爪《つめ》の間は薄い紫色に染まっている。ペンだこが目立つその手は、とても令嬢のものとは思えない。

クレアは顔を上げると、オリバーの腕に絡められているキャロルの白魚《しらうお》のような手を見た。

美しく手入れされた細い指にピンクに染められた長い爪。指にはオリバーの瞳の色と同じ緑色の大きな石の指輪がはめられている。

クレアの胸に、何ともいえないモヤモヤがこみ上げてきた。手がボロボロになるまで仕事をして、王妃様に指定された地味で古臭いドレスを着て。一体私は何なのだろうか。と。

彼女が目を伏せて黙り込むのを見て、王子が止《とど》めとばかり叫んだ。

「母上も、貴様は私の婚約者に相応しくないと言っている！　なにせお前は魔力ばかりで魔法がほとんど使えないのだからな！」

その聞き捨てならない言葉に、クレアは目を上げた。

「……それは、本当ですか？　王妃様が確かにそうおっしゃられたのですか？」

「そうだ！　加えて、魔法が使えないくせに、王族の婚約者の席にしがみついてみっともない、とも言っていた！」

「……本当の本当ですか？」

「しつこいぞ！　当たり前だ！」

オリバーが勝ち誇ったように叫ぶ。

王子の瞳に嘘《うそ》がないことを認めると、クレアは小さく溜息《ためいき》をついた。

(なるほど。妙に強気だと思ったら、王妃様が賛同していらっしゃったのね。であれば、婚約破棄は決定事項。私はもう用済みということなのでしょうね)

彼女は、視線を扇に落としながら思案に暮れた。王妃が公衆の面前で婚約破棄しろと言ったかは怪しいが、婚約解消は間違いないのだろう。謝恩パーティを台無しにしないためにも、ここは「分かりました」くらい言って、場を丸く収めるべきなのかもしれない。

（……でも、このまま婚約破棄を受け入れてしまっては、『魔法が使えないくせに婚約者の椅子《いす》にしがみついたとんでもない強欲令嬢』との噂が流れて、お父様に迷惑がかかるでしょうね。ここはきちんと間違いを正すべきだわ。内容がちょっとアレだけど、最後だし、もうかまうものですか）

クレアは、ちょっと、というか、大分怒っていた。

彼女は、扇をパタンと閉じると、オリバーに向かって三本の指を突き出した。

「オリバー様。これが何だかお分かりになりますか？」

「突然なんだ！　指が三本、だろう？　それがどうした」

ムッとしながら答える王子に、クレアが頷《うなず》いた。

「はい。おっしゃる通り、三《さん》。これは、今までラディシュ辺境伯家から王家に対して正式に婚約解消を申し入れた回数ですわ」

「……は？」

オリバーがポカンと口を開ける。

その間抜け顔、王族らしくありませんわよ。と、目を細めると、クレアは指を一本ずつ折りながら大きな声でゆっくりと話し始めた。

「一回目は、二年前。私が十五歳の年ですわ。魔法が使えない私には王族の伴侶は務まらないと、婚約解消を申し入れました。その時は、『十六歳で魔法が使え始めた例もあるから、もう一年様子を見たい』と返答がありました。二回目は、その一年後。私が十六歳を過ぎても相変わらず魔法が使えるようにならなかったため、再度申し入れた形ですわ。その時も、『もう少し様子が見たい』との回答で、婚約解消には至りませんでした」

クレアの衝撃の告白に、オリバーが目を見開き狼狽《うろた》え始める。

周囲の生徒もざわめきだした。「聞いた話と全然違うわ」、「婚約者の椅子にしがみついてなんかいないじゃないか」という声が聞こえてくる。

クレアは軽く息を吐くと、オリバーを見据えた。

「そして、三回目は三か月ほど前ですわ。魔法が使えないことに加え、オリバー様に想い人ができたようだから、婚約を解消させてほしい、と、申し入れました」

「う、嘘を言うなっ！」

真っ赤になって怒鳴るオリバーを、クレアが感情のこもらない目で見た。

「本当ですわ。何なら、記録院をお調べください。王家と辺境伯家の公文書でのやり取りですので、全て記録として残っております」

「……っ」

オリバーが魚のように口をパクパクさせる。

「そして、三か月前の婚約解消の申し入れに、王家からは、『魔法が使えないことについては不問とする。キャロル男爵令嬢については、側妃候補の一人に過ぎない』と、回答がありました」

クレアは、片手で扇を開くと、口元を隠しながら、目を伏せた。

「辺境伯家はそれを信じました。私もそれを信じて、この三か月というもの、『来年の生徒会の仕事を全て終わらせろ』というオリバー様の命令に従うべく、寝る間を惜しんで仕事をしてまいりました。

そして、ようやく仕事が終わって会場に来てみれば、用済みとばかりに婚約破棄。……随分な扱いですわね」

なんて酷《ひど》い話だ。と、生徒たちが眉を顰める。

「お、おい！」

ようやく周囲の批判的な反応に気がつき、オリバーが慌ててクレアを制止しようとする。

そんな彼を無視して、クレアはキャロルを冷たく見た。

「私には、護衛という名の監視が四六時中ついていますわ。人にぶつかっただけでも王家と辺境伯家に報告がいくほど厳しい監視の目をすり抜けて、どうやって貴女の私物を壊したり、いじめたりできるのかしらね」

キャロルが真っ白になって目を泳がせる。

クレアは周囲の反応を窺《うかが》った。ほとんどの生徒が、オリバーとキャロルに非難の目を、クレアに同情の目を向けている。

（これで、少なくとも家族に悪評が及ぶことはないわね）

クレアは、パチンと扇を畳むと、オリバーに丁寧なカーテシーをした。

「婚約破棄、承りました」

そして、会場の生徒たちの方を向くと、深々と頭を下げた。

「私は報告がありますので、一足先に辺境伯領に帰らせていただきますわ。今日は本当に申し訳ありませんでした」

深い同情の色を浮かべて頷く生徒たち。

そんな彼らに軽く微笑《ほほえ》みかけて、クレアが踵《きびす》を返して会場を出ていこうとした、その時。

「ま、待て！　誰《だれ》か！　クレアを取り押さえろ」

焦ったようなオリバーの声が響き渡った。

側近の一人であるダニエルが、荒っぽくクレアの腕を掴《つか》む。

その感触に心の底から強い嫌悪感を覚え、クレアは大声で叫んだ。

「嫌っ！　離してっ！」

乱暴極まりない仕打ちに、女生徒たちから「酷いわ！」「乱暴よ！」と、強い非難の声が上がる。

ダニエルが怯んだ隙に、クレアは思い切り体をねじった。

「離して！」

「暴れるな！」

ダニエルが慌てて更に強く取り押さえようと、彼女の体に手を掛けた、次の瞬間。

クレアは、ぶわっ、という未知の感覚を感じた。体の中から感じたこともないような膨大な魔力が溢《あふ》れ出る。

「……っ！」

突然、目の前が真っ暗になり、ダニエルに押さえられながら膝を突くクレア。そして、キャー！

という、誰かの悲鳴を聞きながら。彼女は気を失った。

第一章 好色殿下に助けられました

コツーン、コツーン
石の廊下を固い靴で歩くような音が聞こえてくる。

(……どこから聞こえてくるのかしら)

クレアがボーっとしながら目を開けると、目の前に、揺れるランプの光に照らされた無骨な石の天井が広がっていた。

(ここは一体?)

彼女は、ゆっくりと起き上がると周囲を見回した。

そこは、まあまあの広さの部屋で、ベッドやテーブル、ソファなどの質素だが品質は悪くない調度品が置かれている。

一見すると、ややシンプルな普通の部屋だが、四方を囲む石の壁と鉄扉、鉄格子の嵌《は》められた窓が、そこが人を閉じ込めるための部屋であることを物語っていた。

(なぜ私がこんなところにいるの!?)

クレアは頭を抱えた。卒業生謝恩パーティで、オリバーに婚約破棄を宣言され、間違いを訂正して、会場を出ようとしたところまでは覚えている。しかし、その後の記憶が曖昧《あいまい》だ。

（確か、ダニエル様に腕を乱暴に掴《つか》まれて、振り払おうとしたら急に魔力が溢《あふ》れ出てきて……）

ダニエルに掴まれた感触を思い出し、思わず身震いする。

――すると、突然。

ガチャリ。金属音と共に固く閉ざされていた扉が開いて、見慣れない黒っぽい制服を着た中年の女性が入ってきた。

女性はクレアが起き上がっているのを見ると、にっこり笑った。

「お目覚めになられて、ようございました」

そのわざとらしくも見える笑みを見ながら、クレアは用心深く尋ねた。

「なぜ私はここに？　ここはどこですか？」

「急にお倒れになったと聞きました。随分と長い間寝ておられたのですよ」

女性の言葉を聞いて、クレアが窓の外を見ると、鉄格子越しに見えるのは、夜の闇。どうやら半日近く気を失っていたらしい。

クレアが、父親が心配しているだろうから連絡を取りたい、と言うと、女性はニコニコ笑いながら頷《うなず》いた。

「ええ。かしこまりましたわ。上の者に伝えますので、お食事でもしながらお待ちいただけますか。

随分長いこと寝ておられましたから、お腹《なか》が空いていらっしゃるでしょう？」

「分かりました。食事と一緒に何か飲み物を持ってきていただけるかしら」

「はい。しばらくお待ちください」

女性は、ここがどこかを答えないまま、微笑《ほほえ》みながらお辞儀をして出ていく。

開いたドアのすき間から、見張りらしき兵士が見える。

ドアが閉まると、クレアは小さくつぶやいた。

「……どうやら、かなり厄介《やっかい》なことになっているようだわ」

あの女性は、明らかに「閉じ込められた貴族への対応」に慣れている。このまま笑顔で、のらりくらりと言い逃れて、閉じ込めておくつもりだろう。

せめてここがどこだか確かめようと鉄格子の嵌められた窓から外を覗《のぞ》くと、ほの暗い月明かりに照らされた城壁が見えた。

ここが王宮内だと分かり、クレアはげんなりした。

（これは、どう考えても、オリバー様が私を閉じ込めたということよね。オリバー様の婚約者になってからロクなことがなかったけど、これはさすがに酷《ひど》すぎるわ。あんまりよ）

恐らく、国王と王妃が視察で王宮を不在にしているのも、騒ぎが大きくなっている原因だろう。二人が帰ってくれば解放されるだろうが……。

（王妃様のことだもの。オリバー様の失態を誤魔化すために、私やお父様に何らかの罪を被せようとするに決まっているわ）

自分への被害だけならまだしも、大切な家族に被害が及ぶのは避けたい。

（そうなる前に、何とかここを抜け出して、お父様に相談しないと）

クレアは、落ち込みそうになる自分を励ますと、着ていた黒紺色のドレスの皺《しわ》を伸ばしながら、逃げ出す方法を考え始めた。

(病気のふりをする？　──だめね。医者が呼ばれて終わるわ。食事を持ってきた時に逃げ出す？　──外の兵士に捕まってしまうわ)

そして、皺を伸ばし終わり、顔を上げた彼女は、ふと、ベッドの上に何か小さなものがいることに気がついた。

「え？」

「にゃあ」

「猫……、じゃなくて、ケットシー？　いつの間に？」

それは、赤茶色のケットシーだった。

ケットシーとは、ぱっと見は小さめの猫だが、よく見るとしっぽがふさふさなのが特徴の魔獣だ。性質がとても大人《おとな》しく、躾《しつ》けると魔法強化の術が使えるようになることから、魔法士が好んで従魔にする。

クレアは驚かさないように、そっとケットシーに近づくと、その正面にしゃがみこんだ。

ケットシーが丸いつぶらな目でクレアをじっと見てくる。首に光るのは金色の従魔の証《あかし》。

きっと、窓から誰《だれ》かの従魔が迷い込んできたのね、と、可愛《かわい》い珍客に喜びながら、クレアは口を開いた。

「あなたはどこから来たのかしら」

丸い目でクレアをじっと見つめるケットシー。

従魔ならある程度言葉が分かるはずなのだけど、と、考えながら、クレアは言葉を続けた。

「私はクレアよ。ついさっき目を覚ましたら、ここにいたの。……一体ここはどこなのかしらね」

最後の部分は独《ひと》り言《ごと》、返事を期待しての言葉ではない。

しかし、返事は意外なところからあった。

「ここは王宮。北門から少し離れたところにある牢獄《ろうごく》さ」

「……え？」

突然聞こえてきた女性の声に、クレアはピシリと固まった。

（え？　誰？　……まさか）

目の前のケットシーをジッと見る。

ケットシーは、つぶらな瞳《ひとみ》でクレアの目を見上げると、口を開いた。

「そうだよ。私だよ」

「えええええー!!」

クレアが思わず立ち上がって大声を上げると、ケットシーが慌てたように可愛らしい肉球がついた前足を振り回した。

「しー！　騒ぐんじゃないよ！　気づかれるじゃないか！」

「ご、ごめんなさい。びっくりして、つい……」

慌てて口元を押さえてしゃがみ込むクレア。

ケットシーはドアの方を見て、気づかれていないことを確認すると、再びクレアに視線を戻した。

「色々説明してやりたいが、時間がない。手短に言うよ。まず、あんたの今の立場はかなりマズい」

「……それは、なぜなのかしら」

「あんたが、私と同じ魔女だからさ」

「……っ」

彼女は思わず息を呑《の》んだ。

魔女とは、『火水風土』以外の属性魔法が使える者のこと。十年に一人とも言われている、珍しい存在だ。

ケットシーの話では、昼過ぎ頃に、王都の方角から魔女の魔力が爆発するのを感じ、気になって来てみたらしい。

「この不安定な感じから察するに、あんた、覚醒したてだね」

「待ってください。私は魔法が使えない劣等生ですよ」

「魔女は普通の魔法は使えないから、劣等生でもおかしくないさ」

「じゃあ、私が魔法を使えなかったのは……」

「あんたが魔女だったからさ」

クレアは黙り込んだ。以前から、おかしいとは思っていたのだ。なぜ魔力量が多いのに、魔法が使えないのか、と。実は魔女だった、と、言われれば、納得できる。そして、気がついた。ケットシーの言う通り、自分の状況が非常にマズいことを。

「……もしかして、私、ものすごくピンチじゃないかしら」

「ああ、そうだろうね。この国での魔女の扱いを知っているだろう？　しかも、あんたは貴族だ」

黙って頷くクレア。彼女自身は、魔女に対して偏見はない。本で読んで憧れた時期もあったし、魔女の作るという秘薬や魔道具に興味があったからだ。

しかし、一般的には、魔女は忌《い》み嫌われる存在。貴族の家から魔女が生まれれば、家そのものが忌《き》諱《い》される。

（……もしも私が魔女だと分かったら、お父様は責められることになるでしょうね）

何より、オリバーが鬼の首を取ったように騒ぎ立てるに決まってる。

ケットシーが、ピンクの肉球のついた前足を上げた。

「とにかく、詳しい話は後だ。今は時間がない。よく聞きな。あんたには選択肢が二つある。このままここにいるか、私と一緒に逃げ出すか」

「……助けてくれるの？」

「ああ。同じ魔女同士、助け合わないとね。……それに、あんたにゃ借りがある」

最後の一言を小さな声でボソッと言うと、ケットシーが立ち上がった。

「さあ。じゃあ、逃げる準備だ」

「分かりましたわ。私はどうしたら良いのでしょうか」

「まずは、ベッドの中に毛布を丸めて入れて、寝ているように見せかけな」

言われた通り、置いてあった毛布を丸め、ベッドの中に入れる。

「私を抱き上げておくれ。私には不可視の魔法がかかっていて、宮廷魔法士レベルの人間じゃないと認識できないようになっている。私を抱き上げればあんたにも同じ効果がある」

まあ、便利なのね、と、思いながら、柔らかい体を抱え上げる。温かくてふわふわな毛並みに、不安でざわついていた心が落ち着いていく。


――そして、数分後。

ガチャリとドアが開いて、先ほど来た中年の女性が、食事をのせたワゴンを押して入ってきた。ドアの近くに立っているクレアには全く気づかず、ベッドのふくらみを見て、静かにテーブルの上に食事を並べ始める。

その隙《すき》に、ケットシーを抱えて半開きの扉から部屋を抜け出すクレア。息を潜《ひそ》めて兵士の目の前を通り抜け、足音を立てないようにゆっくりと石の廊下を歩く。建物の入り口にも兵士が立っているが、同じように前を通り過ぎる。

そして、入り口の石のアーチをくぐり抜けて外に出て。彼女は安堵《あんど》の息を吐きながら、夜空を仰いだ。

(良かった！　無事出れたわ！)

「とりあえず、第一関門突破だね。このまま北門に向かうよ」

かろうじて聞き取れるくらいの声でケットシーが囁《ささや》く。

軽く頷くと、クレアは気合を入れ直した。

(そうよね。きっとここからが本番だわ)

ケットシーを抱え直し、彼女が北門に向かって歩き始めた、その時。

「そこの女。止まれ」

突然、後ろから低い男の声が聞こえてきた。

クレアは、ビクリと肩を震わせて立ち止まった。

「運がないね。宮廷魔法士かい」と、ケットシーが小さくつぶやく。

じゃりっ、じゃりっ、と、歩く音が近づいて、クレアの後ろでピタリと止まった。

「今、牢獄から出てきたな。こっちを向け」

よく通る声に、指示し慣れていることをうかがわせる、有無《うむ》を言わせぬ口調。

どうしようとは思うものの、逃げる術《すべ》もなく。彼女は、ギュッと目をつぶって、男の方を向いた。

「……っ！」

男の息を呑む声が聞こえ、恐るおそる目を開けるクレア。そして。

（え！　うそっ!?）

彼女は思わずポカンと口を開けそうになった。

長身に端正な顔立ち、冴《さ》え冴《ざ》えとした黒髪に美しい紫色の瞳、漂う壮絶な色気。月明かりに照らされてそこに立っていたのは、王都一の女好きとして有名な、ジルベルト第一王子であった。

驚いたような表情を浮かべる黒い制服姿のジルベルトを見上げながら、クレアは絶望的な気分になった。

（よりによって、なんでコイツに見つかるのよー！）

ジルベルトは、オリバーとは腹違いの兄の第一王子だ。沈着冷静、クールでシャープ。非常に優秀で、宮廷魔法士だった母親譲りの魔法は超一流。魔法ばかりでなく剣の腕も素晴らしいことから、貴族教育が主流の王立学園ではなく、騎士教育の名門、王立騎士学園に入学。騎士団入団後は、めきめきと頭角を現し、二十一歳の若さにして三つある騎士団の一つ、第一騎士団の団長に抜擢《ばってき》された若き俊才だ。

しかし、クレアはジルベルトが大嫌いだった。王位継承を狙《ねら》うオリバーの最大のライバルだということもあるが、何よりこの第一王子、とにかく女癖が悪いと評判だった。

「真面目《まじめ》そうな顔をして、毎晩娼館《しょうかん》に通っているらしいぜ」

「好みの女性がいたら、すぐに声をかけるんですって」

「手も早いが捨てるのも早く、泣かせた女は星の数ほどいるらしいぞ」

聞こえてくる噂《うわさ》は、聞くに堪《た》えないものばかり。娼館には「第一王子御用達《ごようたし》」という看板が立てられ、捨てられたと泣く女性も後を絶たず、本人から漂う壮絶な色気も合わさって、ついには、『好色殿下』という不名誉な二つ名まで付けられる始末だ。

そんな、好色殿下などと呼ばれる男を、真面目なクレアが好きなはずもなく。王宮ですれ違っても形式的な挨拶《あいさつ》をするのみ。舞踏会でのダンスの誘いも、「生理的に無理」と、全てお断り。嫌いという態度を隠そうともしてこなかった。

そんな相手が目の前にいるのだ。クレアが絶望しないわけがない。

(はあ。逃亡五分で好色殿下に捕まるなんて、なんて運がないのかしら)

クレアがガックリと肩を落とす。

そんな彼女を紫色の瞳で見下ろしながら、何かを考えるように黙り込むジルベルト。

――と、その時。

キャー！　という女性の叫び声と共に、「ざ、罪人が！　クレア様が逃げたぞ！」と叫ぶ男の声が牢獄塔の中から聞こえてきた。

（ああ、もう終わりね）

俯《うつむ》いて身をギュッと固くするクレア。

しかし、ジルベルトがとった行動は、予想外のものだった。彼は素早く自身が着ていた黒い外套《がいとう》を脱ぐと、彼女に被せた。

「少し大きいが、その目立つ格好よりはマシだ」

「……え？」

ぬくもりの残る大きな外套に身を包まれて、クレアは思わず顔を上げた。

驚いた顔をする彼女に、ジルベルトが真剣な目で尋ねる。

「王宮を逃げ出して、行く当てはあるのか？」

「は、はい。あります」

ギュッとケットシーを抱きかかえながら頷くクレアに、ジルベルトが真剣な顔で念を押した。

「その場所は安全なのか？　安全に行けるのか？」

「は、はい。安全です」

こくこくと頷くクレアに、わずかにホッとしたような表情を浮かべると、ジルベルトは彼女に被せた外套のポケットを指さした。

「ほんの少しだが、入っている。路銀の足しにしてくれ」

ようやく、逃がしてくれようとしていることを理解して、目を大きく開けるクレア。ジルベルトを見上げながら、かすれた声でつぶやいた。

「……逃がしてくれるの？　どうして？」

ジルベルトは、軽く息を吐くと、紫色の瞳で真っすぐ彼女を見た。

「クレアは、何か悪いことをしたのか？」

「してませんっ！」

そう小さく叫びながら、彼女は涙がこぼれそうになった。なぜ自分がこんな目にあっているのか。自分が一体何をしたというのか。

ジルベルトが、今にも泣き出しそうな表情のクレアを見て、軽く唇を噛《か》む。そして、真っすぐな目で彼女を見ると、しっかりと頷いた。

「俺《おれ》もそう思っている。君は悪いことをするような人間じゃない」

「……っ」

意外すぎる言葉に、クレアが潤んだ目を見開く。

と、その時。バタバタと足音がして、牢獄塔の入り口から慌てたような騎士が何人か出てきた。

ジルベルトは、背中にクレアを庇《かば》うように前に出ると、慌てて敬礼をする騎士たちに冷静な口調で尋ねた。

「どうした？　随分慌てているようだが」

「ざ、罪人が逃げまして。女を見ませんでしたか？」

大きな背中の陰で震えるクレア。

ジルベルトは、大丈夫だ、と言うように軽く頷くと、兵士たちに答えた。

「俺は北門から真っすぐ歩いてきたが、女など見かけなかった。南方面じゃないのか？」

「はっ！　ありがとうございます！　南方面だっ！　探せ！」

「手分けした方が早いな。俺も手伝おう」

「はっ。ありがとうございます！」

後ろ手で「行け」という風に手を振って、ジルベルトが騎士たちと一緒に離れていく。

クレアが、ぼんやりとその背中を見送っていると、腕の中のケットシーが「ふう」と溜息《ためいき》をついた。

「一時はどうなることかと思ったが、良かったたね。さ、あの男が誤魔化してくれているうちに、急いで行くよ」

「ありがとう」

クレアは黙って頷くと、まだぬくもりの残る外套をぐっと引き寄せて、小さくつぶやいた。

彼女の姿は、夜の闇へと消えていった。

＊

聞き慣れない鳥の鳴き声に、クレアはボーっと目を開けた。目に飛び込んできたのは、大きな木の梁《はり》と小さな天窓。

（え！　ここどこ？）

そして思い出した。そういえば、昨晩ケットシーに変身した魔女にここに連れてきてもらったんだわ。と。

前日の夜。

ジルベルトの大きな外套に身を包んだクレアは、魔女であるケットシーを抱えて王都を出た。

夜会用の靴に苦労しながら、ぼんやりと発光する夜光石で造られた街道を歩き、何とか王都から少し離れたところにある森の入り口に辿《たど》り着く。

クレアが「運動不足だわ」とゼイゼイ言っていると、ケットシーがするりと腕から抜け出した。

「ここまで来れば大丈夫だね。そろそろいいだろ」

ケットシーが何か呪文のようなものをつぶやくと、その体から靄《もや》のようなものが立ち上る。そして、気づけば月明かりの下に一人の中年女性が立っていた。短い髪の毛に銀縁の眼鏡《めがね》。外套のようなものを羽織っている。

その摩訶不思議《まかふしぎ》さに、クレアは思わず声を上げそうになった。先ほどのケットシーは、魔女が変身した姿だとは聞いていたが、実際に見ると驚かずにはいられない光景だ。

女性はポケットから小さく光る何かを取り出した。

「ついておいで」

低く落ち着いた声でクレアにそう言うと、その灯《あか》りで足元を照らしながら、ゆっくり森に入っていく。

疲れた体に鞭《むち》を打ちながら、必死についていくクレア。

魔女はしばらく歩くと、垂れ下がった蔦《つた》と木々に覆われた大きな崖の前に立った。

「ここだよ」

蔦を掻《か》き分けて入ると、中は小さな洞窟になっており、奥の壁には光る丸い図形のようなものが描いてあった。

「これは……？」

「転移魔法陣さ。一定以上の魔力を持った者じゃないと見えないようになっている」

魔女が魔法陣の上に手をかざすと、陣がぼんやりと発光する。

「さあ。これであんたも使える。この魔法陣に手を当ててごらん」

クレアは一瞬躊躇《ちゅうちょ》した。こんな見知らぬ魔法陣に触れて大丈夫なのだろうか、という思いがよぎる。

（まあ、でも、もう今更よね）

魔女を名乗るケットシーについて王城の牢獄を抜け出し、ここまで来た。もう本当に「今更」だ。

彼女は覚悟を決めると、ジルベルトの外套をグッと引き寄せて、魔法陣に手を当てた。

「こうですか？」

「ああ。魔力を流すことはできるかい？」

「はい。流すだけなら」

深呼吸して、ゆっくりと魔力を流すクレア。

そして、次の瞬間。視界がぐにゃりと曲がり。気がつくと、彼女は見知らぬ木でできた小屋の中に立っていた。

（これが転移なのね……）

初めての経験に感動しながらも、クレアは眉《まゆ》を顰《ひそ》めた。フラフラするし、強烈に気持ちが悪い。

口元に手を当てる彼女に、魔女が気遣うように声をかけた。

「あんた、転移は初めてかい」

「……はい」

「そうかい。じゃあ、酔うね。細かいことは置いておいて、今日はもう休みな」

クレアを支えるように小屋の外に出る魔女。

外はひんやりとしており、緑と土の甘い春のかおりが鼻をくすぐる。

魔女は、小屋から少し歩いたところにある月明かりに照らされた小さな家の前で足を止めた。

「ここだよ。代々、魔女の家って呼ばれている」

鍵《かぎ》を開けて中に入ると、薄暗い家の中はスッキリと片付いており、薬草のような匂いが漂ってくる。

魔女が灯りをつけながら言った。

「服を貸してあげるから、着替えて寝るといいさ。話は明日にしよう」

気分が猛烈に悪かったクレアは、その厚意をありがたく受け入れると、ヨロヨロと二階に上がり、案内してもらった部屋で何とか着替えた。そして、倒れるように眠りについて、今に至る。というわけだ。

(本当に昨日は、怒涛《どとう》の一日だったわね)

ふう、と、溜息をつきながら、彼女は不安な気持ちになった。逃げ出してきたけど、これからどうすればいいんだろうか。

(……でも、今はまず起きないとね)

色々考えたいことはあるが、太陽の位置から察するに、もう昼近い。魔女にお礼も言わなければならないし、起きた方が良いだろう。

ノロノロと小さな木のベッドから降りる。

部屋は屋根裏にあるらしく、天井は斜めで、壁には可愛らしい刺繍《ししゅう》が飾られている。ピンクの小花柄のカーテンに、お揃《そろ》いのベッドカバー、木の小さなクローゼット。小さいけどすっきりと片付いた素敵な部屋だ。

クレアはクローゼットの扉にかけてあった落ち着いた赤色のワンピースを手に取った。

(多分、これを着ていいってことよね)

着ていた白い木綿のネグリジェを脱ぐと、一緒に置いてあった下着やブラウスと合わせてワンピースを着る。

そして、部屋に置いてあった姿見の前に立ち、「かわいい!」と、目を輝かせた。

白いブラウスに赤いワンピース、黒いリボン。一般的な庶民の服装ではあるものの、全ての服が王妃指定の黒紺色だったクレアの目には、とても新鮮で可愛らしく映った。

（一度こういうの着てみたかったのよね）

不安を忘れ、足取り軽く一階に下りるクレア。

階段を下りてすぐ横の台所のような場所には、スープの入った鍋をかき回す魔女の姿があった。

「お目覚めかい。よく眠れたかい？」

年齢は五十過ぎぐらいで、銀縁眼鏡に動きやすそうな服を着ている。昨夜は気がつかなかったが、短く切った髪の毛は、かなり鮮やかな赤だ。

クレアが「お陰様で。ありがとうございます」と言うと、魔女は目を細めた。

「そうかい。それは良かったよ。気分はどうだい？　何か食べれそうかい？」

「はい」

魔女はクレアをダイニングにあるテーブルの前に座らせると、野菜の入ったスープを持ってきてくれた。

「さ。お食べ」

「ありがとうございます。いただきます」

温かいスープを美味《おい》しくいただきながら、クレアは目の前の魔女をそっと見た。

（なんていうか、昨日も思ったけど、本当に普通の人だわ）

一般的に、魔女というと『人相の悪いくたびれた老婆』というイメージが強いが、目の前にいる魔女はどこにでもいそうな中年女性だ。強《し》いて言えば、真っ赤な髪の毛が少し珍しいくらい。

（でも、少し寂しそうかしら。陰があるっていうか）

そんなことを考えながらスープを食べ終わると、見計らっていたように魔女がゆっくりと口を開いた。

「それじゃあ、ちょいと話を始めようかね」

はい、と、緊張した面持《おもも》ちで座り直すクレア。

「じゃあ、まずは自己紹介から始めようか。私の名前はラーム。闇属性魔法の魔女だ」

＊

ラームはまず自分のことを話してくれた。

地方貴族の家で生まれ育ったこと。十歳を過ぎた頃に、突然闇属性魔法が発動し、魔女であることが分かったこと。着の身着のままで家を追い出され、野垂れ死に寸前のところを、この森に住む同じ闇属性の魔女に助けられたこと。弟子になり、師匠である魔女に、この家と森の守りを任されたこと。

淡々と話すラームに、クレアは胸を痛めた。昔のこととして語ってはいるが、きっと辛《つら》いこともたくさんあったに違いない。

魔女の話が終わると、クレアが尋ねた。

「私が覚醒した時に魔力暴走が起きましたけど、あれは一般的なんですか？」

「覚醒って言っても、普通は急に魔法が使えるようになるくらいだよ。あんたは覚醒が遅かったから大事《おおごと》になったんじゃないかい」

クレアはホッと胸を撫《な》でおろした。魔力暴走と魔女が結びつかないのであれば、誰もクレアが魔女になったことには気がついていないだろう。

「あと、私も闇属性だっておっしゃってましたけど、闇属性って何なのですか？」

「簡単に言うと、生物への干渉だ。能力を上げたり下げたり、性質を変えたりすることができる。素材の力を引き出すこともできるから、魔法薬を作るのが得意だね」

（魔法薬！）

興味のある単語に、思わず目を輝かせるクレア。

話によると、ラームはここで魔法薬を作って生計を立てているらしい。

「知り合いの魔女が定期的に薬を取りに来て、店で売ってくれるんだ」

「お店、ですか」

「ああ。隣の国にあるのさ。まあ、来るのは、有名な冒険者か、ギルド関係者か、国のお偉いさんってとこだから、ちょっと特殊な店だね」

ラームによると、その魔女は、「魔女であることを隠さずに街で暮らしている」、珍しいタイプらしい。

「まあ、会った方が早いから、今度来たら紹介するよ」

クレアは目を見開いた。

「あの。今度ってことは、もしかして、ここにいてもいいんですか？」

「ああ。ここは普通だったら三日三晩かけても辿り着けない深い森の中だ。隠れるのには最適さ。乗り掛かった船だ。最後まで面倒を見るさ。あんたにゃ借りもあるしね」

「借り」という言葉に、クレアは首を傾《かし》げた。牢獄でも言っていたが、「借り」とは何なのだろうか。

考え込む彼女に、ラームが尋ねた。

「そういや、あんた。家は大丈夫なのかい」

「……いいえ、多分あまり大丈夫ではないと思います」

クレアの両親は、思いやりのある優しい人たちだ。

魔法が使えないというのは、貴族にとって大きな恥。勘当《かんどう》されてもおかしくないし、邪険に扱われるのが一般的だ。

しかし、彼らは魔法を使えないクレアを変わらず愛し、これを理由に何とかあの過酷な婚約を解消できないかと何度も交渉してくれた。辛い妃教育やオリバーの尻拭《しりぬぐ》いに何とか持ちこたえられたのも、彼らの気遣いや応援があったからこそだ。

（お父様とお母様が今回の件を知ったら、きっと心配するわよね……。それに、事実を知らないのは危険すぎるわ）

彼らは今王都から遠く離れた辺境伯領に住んでいるため、今回の騒動を恐らくまだ知らない。そこを付けこまれて、王妃が好き勝手言って家族に瑕疵《かし》を負わせる可能性もある。早目に真実を伝えるべきだ。

「あの。両親に手紙を届けることはできないでしょうか」

「ああ。人に頼む形にはなるが、できるよ」

「じゃあ、手紙を書きたいと思います。返事は貰《もら》えるでしょうか」

「そうだね。まあ、多少時間はかかるが、大丈夫さ」

両親と連絡がつくことに、クレアはホッと胸を撫でおろした。肩の荷が一つ降りた気がする。

ラームが口の端を緩めた。

「じゃあ、話も終わったことだし、家を案内するかね。ついておいで」

＊

家は、明るくて清潔な雰囲気だった。

一階は、台所と居間、薬瓶がずらりと並ぶ作業場と、大きな書棚がある書斎。窓が多いせいか、どの部屋も明るく、風通しが良さそうだ。

二階は、ラームの部屋と客間二つになっており、客間の一つをクレアが使って良いことになった。

クレアがお礼を言うと、ラームが頬《ほお》を緩めた。

「いいんだよ。私も師匠に同じことをしてもらったのさ。気にすることじゃないよ」

クレアは思った。きっとラームさんの師匠は優しい人だったのね。と。

（でも、きっとラームさんも優しい人なんだと思うわ。じゃなきゃ、見ず知らずの私にこんなに親切

にはできない)

家の中を見終わり、庭に出る二人。森と低い石垣に囲まれた広い庭には、たくさんの野菜や薬草が植えられており、畑のようになっている。

「薬草の中には手に入らないものもあるから、こうして自分で育てているのさ」

今度手入れの方法を教えるから、少しずつやっていこうさね。と言うラーム。そして、尋ねた。

「これで案内は終わりだけど、何か気になるものはあるかい?」

クレアは勢いよく頷いた。

「はい! 私、製薬がしてみたいです!」

彼女は高揚していた。本で読んでずっと興味を持っていた魔女の秘薬を自分の手で作れるなんて、夢のようだ。是非作ってみたい!

ラームは呆気《あっけ》にとられたような顔をすると、クックック、と笑い始めた。

「そうかい。じゃあ、さっそく一番簡単な傷薬でも作ってみるかね」

「はい! よろしくお願いします!」

その後。二人は作業場に移動。

クレアは、ラームに教えてもらいながら慣れない作業に奮闘し、夕方近くまでかかって、ようやく簡単な傷薬の製薬に成功した。

幕間　その頃、王宮では

「この状況は何なのかしら、ねえ？　オリバー？」

優しげながらも棘《とげ》を含んだ冷たい声に、俯《うつむ》いたオリバーがビクリと肩を震わせる。

ここは離宮内にある、壁紙に金色の花が鏤《ちりば》められた豪華な一室。

部屋の中央に置かれた革張りのソファの上に、顔立ちの整った細身の女性――この国の王妃が、厳しい顔つきで座っている。

その正面に座っているのは、息子であるオリバー第二王子とキャロル・マグライア男爵令嬢。二人ともこれ以上ないほど小さくなっている。

王妃はすうっと目を細めると、二人に美しく微笑《ほほえ》みかけた。

「視察から帰ってきてみれば、クレアが行方不明。しかも、貴方《あなた》がパーティ会場で婚約破棄騒ぎを起こした挙句、彼女に暴力をふるって気絶させたというじゃない。この始末、どうやってつけるつもりなのかしら」

「し、しかし！　母上も言っていたではないですか！　クレアは魔法一つ使えない無能な女だと」

「確かに言ったわねえ。でも、おかしいわね。公衆の面前で婚約破棄をしろなんて言った覚えはないのだけど。ねえ？　オリバー？」

「……っ」

王妃の母親とは思えない冷えた笑顔に、オリバーが怯《おび》えたように口を閉じる。

「しかも、罪人でもないのに牢獄《ろうごく》に閉じ込めたっていうじゃない。一体何をどうしたらそういう考えになるのかしら？」

「そ、それは、魔力の暴走があったので、万が一が起こってはいけないという配慮と、逃亡防止の観点から……」

「あら、斬新ねえ。配慮ってそうやって使う言葉なのねえ。それに、たかが魔力の暴走でしょう？被害が出たわけでもないのに、令嬢を牢獄に閉じ込めるだなんて、貴方随分と偉くなったのねえ？」

にっこりと微笑む王妃に、俯いて震えるオリバー。

「──それと、貴女《あなた》」

王妃は扇を広げて歪《ゆが》んだ口元を隠すと、オリバーの横に身を縮めるように座っているピンクのふわふわ髪の令嬢を、嘲《あざけ》るような目で見た。

「そのピンクの頭は飾りなのかしら？　たかが地方の男爵令嬢が、辺境伯令嬢を嘘《うそ》で陥れたらどうなるか、分からなかったのかしらねぇ？」

「う、嘘じゃありません。本当にいじめられていたんです！」

必死の形相《ぎょうそう》で叫ぶ涙目のキャロルを、王妃は蔑《さげす》みの目で見た。

「クレアの言動は、全て私と辺境伯に報告が届くようになっているのよ。貴女に対しては、最低限の規則やマナーについて注意をしただけ。あれをいじめなどと言ったら、マナー教師は仕事ができなくなるわねえ」

「し、しかし！　クレアが必要以上に厳しく言ったことには変わりありません！　それに、私はキャロルを本気で愛しています！」

オリバーが必死にキャロルを庇《かば》うのを見て、王妃は片方の口の端を上げると、馬鹿《ばか》にしたように笑った。

「ふふ。困ったわねえ。貴方は、自分たちが何をしたのかを全く分かっていないようだわ。下手をすれば、廃嫡《はいちゃく》されてもおかしくないことをしたのよ。──貴女の実家の吹けば飛ぶような男爵家だって辺境伯に潰《つぶ》されてもおかしくないのよ？　そのピンクの頭には綿でも詰まっているのかしら？」

白い顔をして黙り込む二人。

王妃は、ギリッと奥歯を噛《か》みしめた。これから明日の朝まで嫌味を言っても足りない気分だが、今は時間がない。さっさと用件を済ませなければ。

王妃はパチンと扇を閉じると、二人を見据えた。

「手短に言います。オリバー。もしも廃嫡されたくないのであれば、地に落ちた貴方の評判を元に戻しなさい」

どうすれば良いか分からない、という顔でオリバーが首を傾《かし》げる。

王妃は溜息《ためいき》をついた。

「手始めに、この一年でクレアを超える成果を出しなさい」

オリバーが、きょとんとした顔をした。

「クレアを超える成果、ですか」

「そうよ。結果を出せば評判も上がるわ。貴方、来年、学園の生徒会長を務めるといっていたわね。手始めに、今年の生徒会長だったクレア以上に円滑に生徒会を運営してみせなさい」

「なるほど。確かにそれは分かりやすいですね。了解しました、母上」

それなら問題ない、とばかりにオリバーが頷《うなず》く。

王妃はキャロルを見据えた。

「そして、貴女。——確か、キャロルと言ったわね。本来だったら、貴女には消えてもらうところだけど、オリバーが納得しないでしょうから、貴女にも条件を出します。クレアと同じ教育を受けて、オリバーの仕事を手伝いなさい。それができなければ話にもならないわ」

はい、と、「それならば余裕よ」とばかりにキャロルも頷く。

「分かったら、二人とも下がりなさい」

冷たい顔で二人に退出を命じる王妃。

そして、部屋に誰《だれ》もいなくなった後。彼女は般若《はんにゃ》のように顔を歪めると、持っていた扇を壁に投げつけて、わなわなと震えた。

「……なんて面倒なことをしてくれたのかしら」

約一年後に迫った王太子指名会議。

ライバルである第一王子ジルベルトは非常に優秀だ。国随一の剣の使い手であり、魔法の腕も宮廷魔法士並み。武の面で見れば、オリバーを圧倒している。

しかし、彼には婚約者がいないということは、王位継承にとってはマイナスだ。

その点、オリバーにはクレアという婚約者がいる。しかも、クレアは武の面で秀でている辺境伯家の娘で、オリバーを支える献身さも優秀さも持っている。王宮内でもクレアの評判はすこぶる良い。

そんなクレアを、ちょっと胸が大きいだけの男爵令嬢のために追い出すとは、一体何事なのか。

王妃は怒りの形相で、ソファに置いてあったクッションを床に叩《たた》きつけ、ヒールの踵《かかと》で踏みつけた。クッションが破れ、中に入っていた羽毛が部屋の中に飛び散る。

立派な刺繍《ししゅう》が見る影もなくなるまで踏みちぎった後、王妃はドサッとソファに座った。

「……問題は、これからどうするか、ね」

まずは、これ以上ないほど落ちたオリバーの評判を何とかする必要がある。そのためには、オリバーの努力はもちろんのこと、何としてでもクレアに婚約を継続させなければならない。

「まずは、彼女を捕《とら》えないと」

クレアが逃げ出して、早三日。王都を出た形跡がないことから、王都内にいると考えられるが、未《いま》だに見つかっておらず、見つかる気配もない。恐らくどこかに潜伏していて、状況が落ち着いたら辺境伯領に向かうつもりだろう。

「……やはり、辺境伯に協力させる必要があるわね」

王妃の考えた案はこうである。

『辺境伯領で療養しているということにして、クレアの行方不明を隠し、王家と辺境伯家が協力してクレアを探す。見つかったクレアに、オリバーとの婚約を継続させる』

こうすれば、辺境伯がクレアを匿《かくま》うこともなくなるし、クレアが不在の間に、「クレアとオリバーが実は仲が良く、あの騒動は痴話喧嘩《ちわげんか》だった」と噂を広めて、オリバーの評判を改善することもできる。

辺境伯に協力を依頼すれば、見返りは莫大なものになるだろうが、それでオリバーの瑕疵《かし》を消せるなら安いものだ。

「あとは、あのキャロルとかいう娘をどうするかね」

いっそ消してしまいたいが、オリバーが反発すると厄介《やっかい》だ。調べたところ、キャロルの祖母は由緒ある伯爵家の出身。ジルベルトの母親であり側妃だったメアリーよりは幾分かマシだ。

「まあ、オリバーが騒ぐなら、第五側妃くらいには認めてやってもいいかもしれないわね」

これからの方針が決まり、立ち上がる王妃。呼び鈴を鳴らしながら、一人つぶやいた。

「……それにしても、私の命令に背いて出て行くなんて。随分生意気になったものねえ、クレア？」

もとはと言えば、クレアが大人《おとな》しくしていれば、こんなことにはなっていなかった。オリバーに歯向かった上に逃げ出すような真似《まね》をしたから、面倒なことになっている。単なる駒であることの自覚ができていない証拠だ。

「見つかったら、厳しくお灸《きゅう》をすえなきゃね。騒動を起こした責任を取ってもらわないと」

王妃が口の端を歪めて笑う。そして、恐怖で震える秘書に今後のことを言いつけると、悠然と部屋から去っていった。

＊

同日。

西日が差し込む騎士団本部建物内の、剣や盾が飾られている立派な執務室で、第一王子ジルベルトが、部下の騎士から報告を受けていた。

「なるほど。王宮から罪人の捕縛依頼か」

「はい。何でも、衛兵だけでは人手が足りないそうでして、騎士団にもお願いしたいと」

ジルベルトは机に両肘《ひじ》をつくと拳《こぶし》を握って口元に当てた。

「それで、捕縛する罪人とはどんな人物なんだ」

「銀髪で青い瞳《ひとみ》の貴族女性だそうです。……恐らくですが、この女性は、クレア・ラディシュ辺境伯令嬢ではないかと」

ジルベルトが目を軽く細めた。

「どうしてそう思うんだ？」

「私の妹が王立学園に通っているのですが、先日の謝恩パーティの最中に、オリバー王子が婚約破棄騒動を起こしたらしいのです」

騎士は「あくまで一学園生徒の立場である妹から聞いた話ですが」と前置きすると、話し始めた。
・謝恩パーティでオリバーが急に婚約破棄だと騒ぎだし、クレアを突然断罪したこと。

・断罪内容をクレアに論破され、オリバーがたじたじになっていたこと。
・彼女が会場を出ようとしたところを、オリバーの腰巾着《こしぎんちゃく》であるダニエルが乱暴に取り押さえ、魔力暴走が起きてしまったこと。
・その場で、気絶したクレアを貴族用の牢獄に閉じ込めろと命じていたこと。

「……以上の話と、三日前の脱獄騒ぎを合わせて考えますと、恐らくクレア・ラディシュ辺境伯令嬢が脱獄して行方不明になっているのではないかと推測されます」

騎士の話に、ジルベルトが「なるほどな」とつぶやいた。

「それで、彼女は、牢獄に閉じ込められるほどの罪を犯したのか？」

「……妹の話ではありますが、罪を犯すような方とは思えない、と」

ジルベルトは軽く息をつくと、口を開いた。

「王宮側に伝えろ。罪人の捕縛というなら罪の根拠を持ってこい、と。それがないうちは騎士団は動かない」

分かりました。と尊敬の目でジルベルトを見ると、失礼します、と立ち去る騎士。

ジルベルトは立ち上がって窓際に立つと、夕日に照らされた王城をながめた。脳裏に浮かぶのは、追い詰められたクレアの顔。

(無事に逃げおおせていると良いが……)

彼は小さく溜息をつくと、物憂《ものう》げに仕事に戻っていった。

第二章 魔女の家

王都から街道を真っすぐ北に進んだ先にある、暗くて深い森の奥の、更にその奥。白い漆喰《しっくい》の壁に、赤いとんがり屋根がのっている小さな家。

その作業場で、赤いワンピースを着たクレアが、古びた大鍋の前に立っていた。

「ええっと、色が変わったら、ランプ花の花粉をスプーン一杯入れて、透明になるまで混ぜる、ね」

台の上に置いてある、書き込みいっぱいのノートを見ながらつぶやくクレア。茶色に変色したラベルが貼ってあるガラス瓶が並んでいる棚の前に立つと、そのうちの一つを取り出した。

「これをスプーン一杯」

花粉を入れ、魔力を込めて、かき混ぜること数分。鍋の中の液体が透明になってくる。

クレアは、壁に掛かっていた鍋つかみで、「よいしょ」と、大鍋を持ち上げると、火から下ろした。

「ふふ。咳《せき》止めシロップの完成！　これで六種類目の成功ね」

クレアが満足そうな顔で鍋の中をチェックする。

ラームの家に来てからの三週間。彼女は製薬に熱中していた。ラームにへばりついて薬草の知識を貪欲に吸収し、自分でもできるようになりたいと、暇さえあれば練習。毒消し薬や麻痺《まひ》を治す薬など、次々と成功させた。

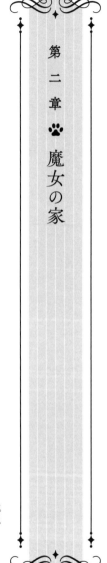

その上達の早さに、ラームは感心したように言った。

「あんたすごいね。私が若い頃《ころ》よりもずっと上達が早い。やっぱり興味があるって大切だね」

「師匠は興味があまりなかったんですか？」

「なくはなかったけど、栽培の方が性《しょう》に合っていたね。だからよく怒られたもんさ。薬草育てるだけじゃ薬になんないんだよ、ってさ。あんたも製薬ばかりじゃなくて、闇魔法の練習もしなくちゃだめだよ」

「はい。がんばります」

ラームとのそんな会話を思い出しながら、クレアは、ふと、窓の外をながめた。

そこは、低い石垣で覆われた広めの庭。白い春花に飾られた木々と、規則正しく植えられた野菜と薬草の新緑が、太陽の光を浴びてキラキラと輝いている。

クレアは、ぐぐーっと伸びをすると、窓から入ってくる春風を思い切り吸い込んだ。

「はあ。こんなのんびりとした生活。なんだか夢みたい。思えば、この七年間、ゆっくり好きなことをする時間なんてなかったものね」


今から七年前。

当時二十歳だった王太子とその婚約者、第二王子の三人が、流行《はや》り病で立て続けに亡くなった。

次の王太子候補として挙げられたのが、側妃メアリーの息子である第三王子ジルベルト、十四歳と、正妃の息子である第四王子オリバー、九歳。

側妃の息子とはいえ、ジルベルトが大変優秀だったことから、王太子は彼で間違いないだろうと言われていた。

しかし、その数か月後。

メアリーが事故で亡くなり、後ろ盾を失ったが優秀なジルベルトと、正妃の息子オリバーのどちらが王太子に相応《ふさわ》しいかを巡り、王宮内は揉《も》めに揉めた。

結局、「オリバーが学園を卒業する年に次期王太子を指名する」という、先延ばし的な結論に落ち着いたのだが、その影響は、王都から遠く離れた辺境伯領にまで及んだ。

当時、十歳だったクレアは、家族思いの父親と優しい母親、兄弟たちと共に、辺境伯領でのびのびと過ごしていた。兄弟と一緒に走り回って遊び、父親の本棚にある旅行記や冒険譚《たん》を読んで、いつか世界を旅するんだと夢見る、活発な少女。

しかし、正妃が、辺境伯領の兵力と、クレアの魔力の高さに目を付けてから、状況が一転。

王妃に直々に頭を下げられて断れなくなった辺境伯家は、泣く泣くクレアをオリバーの婚約者とした。

（そこからは、正に地獄だったわよね……）

元々、オリバーは第四王子。

まさか王太子候補になるなど夢にも思われず、散々甘やかされて育っていた。努力が嫌いで我儘《わがまま》、傲慢。王子であることを笠《かさ》に着て、常に威張り散らす嫌な子供だった。

彼の母である王妃は、早々に、そんな彼を変えることを諦《あきら》め、その分をクレアが補うようにと、彼女に厳しい妃教育を課した。

彼女は常にクレアに言い聞かせた。

『いいこと。オリバーは次期国王になるの。だから貴女《あなた》が支えなきゃだめよ』

その言いつけに従い、クレアは一生懸命オリバーを支えてきたのだが……。

「その結果が、あのパーティの婚約破棄騒動だものね」

よくよく考えてみれば、九歳まで散々甘やかして育てたのは王妃だ。そのツケを、十歳の令嬢に押し付けるなど、どう考えても変だ。しかし、なぜかクレアはそのことに疑問を覚えず、必死にがんばっていた。

（思い込みって怖いわね。お父様やお母様も、『それはおかしい』って怒って抗議してくれていたのに、私自身は疑問にも思わなかったもの）

王妃の命令が絶対だと思い込んでいた自分を思い出し、苦笑いする。こうして離れてみれば、よく分かる。あの状況は異常だった。

（もしかすると、婚約破棄されたのは、私にとって良かったのかもしれないわ）

そんなことを考えながら、クレアがボーっと窓の外を見ていると、紺色のローブを着た人物が庭から入ってくるのが見えた。

「師匠だわ」

クレアは急いで作業場を出ると、玄関に向かって弾んだ声で言った。

「おかえりなさい、師匠」

「ただいま、クレア。薬はできたかい？」

「はい。ばっちり透明になりました！」

「そりゃすごい。もう簡単な製薬は任せられそうだね。ちょっとがんばりすぎるところが玉に瑕《きず》だが、あんたは飲み込みが早いね。闇魔法も上達してきてるし、あとは後片づけが課題だね」

「う……、善処しますわ」

ラームは微笑すると、バツが悪そうに笑うクレアの肩を、ポンポン、と叩《たた》いた。

「さて、お菓子も買ってきたし、お茶にでもしようかね」

「まあ！　お菓子！」

目を輝かせるクレアを見て、ラームが目を細めた。

「ああ。あんたが好きそうなやつを買ってきたよ。今日は天気もいいから、外で食べようかね」

庭の片隅にある赤い屋根の小さな東屋《あずまや》に移動する二人。

白いテーブルの上に買ってきたクッキーを出すラームの横で、クレアがウキウキとお茶を淹《い》れる。

「どうぞ。師匠」

ラームは、「ありがとう」と一口飲むと、目を細めた。

「美味《おい》しいねえ。同じ茶葉でも淹れ方が良いとこんなに違うんだねえ」

「このお菓子もサクサクしていて、とても美味しいです」

クレアが幸せそうにチョコレートチップの入ったクッキーを食べる。

ラームは微笑すると、少し真面目《まじめ》な顔になった。

「――それで、王都の方なんだけどね」

はい、と、クレアが緊張したように姿勢を正す。

ラームは、ティーカップをテーブルに置くと、指を組んだ。

「新しい情報は三つだね。まず、あんたは療養のため辺境伯領に帰っていることになっている。街では、オリバー王子が毎日大きな花束を届けていると噂《うわさ》になっているよ」

「……そうですか」

ラームが、まあまあ、と、同情したような顔で慰めた。

「そんな嫌そうな顔をするんじゃないよ。自分の行方不明を最大限に使えって、あんたが言い出したことじゃないか。あんたの父親もその通りにしたんだろう」

「確かに、この事件を利用して王家に恩を売るようにと父に伝えましたわ。でも、花束のことは聞いていません」

「なんだい。気にしているのは、嘘《うそ》の療養の方じゃなくて、そっちかい」

呆《あき》れたような顔をするラームに、クレアは口を尖《とが》らせた。

「気にしますわ！　オリバー様はこれまで、私に花一本だって贈ってくれたことがないのですよ！」

「おや。そうかい。可哀《かわい》そうに」

ひどいです！　と、むくれたような顔をしながら、お菓子に手を伸ばすクレアに、ラームが、クックック、と楽しそうに笑う。

「それとね、二つ目の情報だがね。辺境伯領で大規模な工事が始まるとかで、大々的に人員の募集をしていたね。大方、あんたの父親が王家に売った恩の回収をしたというところじゃないかね」
「多分そうですわね。資金が王家から流れたのだと思います」
クレアは王都から逃れてこの地に到着してすぐに、辺境伯である父に手紙を書いた。
手紙の内容は主に三つ。
自分が実は魔女だったこと
パーティでの顛末《てんまつ》と自分の無罪
今回の騒ぎと、これまでのオリバーの失態を上手《うま》く使ってほしいという要望

ラームが感心したような顔をした。

「娘も肝が据わっているけど、親の方も大したものだね。まさか、自分たちの娘が魔女であることを受け入れて、応援するとは思わなかったよ」

「両親は私が魔法を使えないことを心配してくれていましたから。それに、魔女だからこそ、オリバー様との婚約から逃げられたというのもありますし」

そうかい、と、ラームが目を伏せる。

「それと、三つ目の情報は、あんたを助けてくれた第一王子のことだ」

クレアが、クッキーの咀嚼《そしゃく》をピタリと止める。

「どうやら、騎士団を引き連れて、東の国境沿いにある砦《とりで》に向かったらしい。魔獣が大発生して村が幾つか襲われたそうだ。当分は帰ってこないだろうとの話だね」

そうですか、と、つぶやくクレア。

辺境伯領と王都を挟んで逆にある東の国境については、彼女も何度か聞いたことがある。数十年に一度、強力な魔獣が大発生する時期がある。と。

本来であれば、第一王子が危険な地に行くことなどありえない。しかし、ジルベルト自身の希望と、反ジルベルト派の貴族たちの後押しによって、彼は度々危険な地に遠征していた。

ラームが尋ねた。

「心配かい？」

「ええ。恩人ですから。でも、すごく強いと評判だったので、きっと大丈夫だと思います。……逃がしてくれたお礼は当分言えなそうですけど」

「そうかい。まあ、ゆっくり帰りを待つといいさ」

そうですね、と、つぶやきながら、クレアは、庭に視線をやった。

こうして穏やかに生活できているのも、ジルベルトのお陰だ。彼がいなかったら、きっとクレアは酷《ひど》い目にあっていただろうし、実家も何らかのペナルティを受けていただろう。なぜ彼があのとき自分を助けてくれたかは分からないが、感謝しかない。

風に揺れる白い春花を見上げて、もぐもぐしながら、クレアは思った。いつか、ジルベルト様に会って、ちゃんとお礼が言いたいわ、と。

＊

王都から離れて約二か月後の、初夏の陽射《ひざ》しがまぶしい晴れた日の午後。

ラームの家の作業場に、白いエプロン姿のクレアとラームが並んで立っていた。

二人の目の前にあるのは、水が半分ほど入った魔女の大鍋。今日は製薬の中でも高い難易度を誇る『高級回復薬』の作り方を教えてもらう日だ。

大鍋の横にある木の作業台の上には、材料である薬草の葉や花、数種類がトレイに入って並べられている。

ラームが歌うように言った。

「まずは、素材に魔力を纏《まと》わせながら、色が濃い順に入れるよ」

「はい」

クレアが、真剣な顔で手に魔力を集中させる。その魔力を均等に纏わせながら、色が濃い順に鍋へ丁寧に入れていく。

ラームが頷《うなず》いた。

「ふむ。いい感じだね。随分と上手くなったじゃないか。じゃあ、素材を溶かすイメージで魔力をゆっくりと注ぐよ」

「はい」

鍋の上に手をかざしたクレアが、ゆっくりと魔力を注ぎ込む。

ラームが鍋を覗《のぞ》き込んだ。

「ちょっと魔力が弱いね。もう少し強くしようか」

「はい」

「そう。そのくらいだ。順調に溶けてきている。このくらいになったら、均等になるようにかき混ぜるよ」

「はい」

両手でヘラを持ったクレアが、ゆっくりと大鍋をかき回す。

ラームが片手で眼鏡《めがね》の縁を触りながら、鍋の中身を凝視した。

「均等になったね。じゃあ、また魔力を足すよ。液体が濃い緑色になるまで、魔力を注いでは混ぜ、を繰り返すよ。魔力は常に均等。均等じゃなくなったら失敗するから、気をつけな」

「はい」

額を流れる汗もそのままに、クレアは同じことを何度も繰り返す。疲労と共に弱くなりそうな魔力を必死に均等に保つ。

そして、もう魔力が切れる、という寸前に、ラームが微笑んだ。

「ようし。いいだろう。綺麗《きれい》な緑色だ。これを一晩おいた後、混ぜながら、とろ火で半分の量まで煮詰めれば高級回復薬の出来上がりだ」

クレアは、ふう、と、息をついた。持っていたヘラを横に置いてある皿の上に置くと、用意しておいたタオルで汗をぬぐう。

「さすが高級回復薬ですね。魔力をごっそり持っていかれた気がします」

「そりゃあ、回復薬の最高峰だからね。しかし、あんたも大したもんだ。普通は半年かかるところをたった二か月でできるようになるなんて」

感心したような顔をするラームに、「師匠のお陰です」と、照れ笑いするクレア。そして、思った。なんて幸せな日々なんだろう。と。

(好きな勉強を好きなだけできるのが、こんなに楽しいなんて)

王妃に従ってやりたくもない妃教育に明け暮れていたのが遠い昔のように思える。

(私には貴族よりも魔女の方が性に合っているのかもしれないわ)

ラームがクレアの背中を労《ねぎら》うように軽くポンポンと叩いた。

「汗をかいたままだと気持ちが悪いだろう。鍋にふたをして移動させておくから、あんたは体を拭いて着替えておいで」

「はい。ありがとうございます」

作業場から出て、足取りも軽く階段を上がりながら、クレアは思った。大分今の生活にも慣れたし、魔法も製薬も上手くなってきた。これで将来何が起こっても困らないだろう、と。

――が。しかし。

「あ！　あー!!」

ガラガラガラガラッ

クローゼットの扉を開けた瞬間、なだれ落ちてくるガラクタたちと、それに埋もれるクレア。確かに、彼女は製薬や魔法は上手くなっていたが、片づけだけは全然上手くなっていなかった。

何事かと階段を上がってきたラームが、呆れた顔をした。

「あんた、製薬はあんなにすごいのに、なんで片づけだけは、こんなに壊滅的なのかねえ」

クレアが、バツが悪そうにガラクタの中で目を逸《そ》らす。

ラームが溜息をついた。

「まったく。ここまでくると呪いでもかかっているんじゃないかって疑いたくなっちまうね」

「そんな呪い、あるんですか？」

「あるさ。この前説明したけど、体の機能を活性化させたり停止させたりするのは、闇魔法の得意分野だからね。魔力量の多い大人《おとな》を呪うのは難しいが、動物や子供くらいなら簡単だ。――まあ、あんたのそれは呪いじゃないと思うけどね」

クレアがしょんぼりと下を向く。

その辺に置いておけば勝手にメイドが片づけてくれる環境にいた彼女には、そもそも片づけという概念も感覚もなかった。まずは、箒《ほうき》の持ち方の練習から始めたものの、なぜか上手くならず。部屋の中は、どこから湧いたか分からないガラクタや本でいっぱいだ。

ラームが、仕方ないね、と、溜息をついた。

「とりあえず、片づけは後にして、先に薬草の収穫をしてきておくれ」

「……はい」

項垂《うなだ》れながら、とぼとぼと玄関に向かうクレア。部屋の片づけ一つできなくて、自立して生きていけるのだろうか、と不安になりながら、カゴを持って外に出る。そして、畑にしゃがみ込んで薬草の収穫を始めようとした、その時。

「あらあ。可愛《かわい》らしいお嬢さんね」

後ろから突然声を掛けられた。

「えっ！」

驚きのあまり、飛び上がって声の方向を振り返ると、そこには、スラリとした女性が立っていた。艶《つや》のある茶色の髪に緑の瞳。二十代後半くらいであろう、たおやかな美人だ。

彼女は申し訳なさそうな表情で「ごめんなさいね、驚かせちゃって」と、詫《わ》びると、にっこり笑った。

「私はジュレミ。貴女と同じ魔女よ」

クレアです。と、挨拶《あいさつ》しながら、彼女は思い出した。そういえば、ラームが「製薬した薬を買い取ってくれる魔女が来る」って言っていたわ、と。

「もしかして、薬を取りにいらしたんですか？」

「そうよ。これからよろしくね。それで、こっちが弟子のノア」

ジュレミの後ろから、ひょこっと黒髪おかっぱの小さな女の子が顔を覗かせる。

「……っ」

クレアは息を呑《の》んだ。その子の頭に、黒い猫のような耳が付いていたからだ。

ジュレミが微笑んだ。

「ああ。この子は猫の獣人なの。この国では獣人は珍しいものね」

「はい。初めてお会いしました。なんていうか、その、すごく可愛いです！」

「ふふ。可愛いし、よく働くし、自慢の弟子なのよ」

褒められて嬉《うれ》しいのか、ぴくぴく動く頭の上の黒い耳。

クレアは心の中で身悶《みもだ》えた。

（なんてことなの！　可愛すぎるわ！）

黒くて大きな猫のような瞳も可愛いし、後ろでぴょこぴょこ動いている黒くて長いしっぽも可愛い。

黒いワンピースと白いエプロンも、これ以上ないほど似合っているし、白いハイソックスなんて暴力的だ。

思わず飛びついて撫《な》でたいのを何とか堪《こら》えると、二人を家に案内するクレア。

二人の来訪に気がついたのか、ラームが笑顔で玄関まで出てきた。

「久し振りだね、ジュレミ。お陰で薬が溜まっちまったよ」

「ごめんなさいね。魔道具の設置に意外と手間取っちゃって。でも、もうしばらくは大丈夫よ」

二人が仲良さそうにしゃべり始める。

「詳しい話は後で聞くとして、先にやることをやってしまおうかね」

「そうね。じゃあ、薬を見せてちょうだい」

作業部屋に移動する四人。

ジュレミは、部屋の隅に積まれた箱に入っている薬を何本かチェックすると、満足そうに頷いた。

「良い出来ね。思った以上に大量だけど、クレアちゃんも作ったの？」

「半分くらい作ってくれたよ。あんまり熱心に作るから、途中で止めたくらいさ」

「それは心強いわね。ラームの作る薬は大人気だから、置いてもすぐなくなっちゃうのよ。――じゃあ、ノア、数えて運んでくれる？」

「ん」と、ノアがこくりと頷く。

ラームがクレアを見た。

「ノアを手伝ってやっておくれ」

ノアちゃんとお近づきになれるわ！　と、クレアが弾んだ声で「はい！」と返事をする。

師匠二人が出て行った後、クレアとノアは作業を開始した。

ノアは、箱を指さしながら尋ねた。

「この箱、なに？」

「ええっと、上級の外傷薬ね。こっちの箱が、中級外傷薬。こんな感じにラベルを貼ってあるわ」

「ふむふむ」

エプロンのポケットから取り出したメモ帳に、ノアが熱心に何かを書き込んでいく。

しっぽと耳がぴょこぴょこと動く様子に、クレアは昇天寸前だ。

（キャー！　もう！　なんて可愛いの！）

そんなクレアの内心をよそに、ノアが熱心にメモ帳に書き込みをしていく。瓶の数を数え終わると、彼女はメモ用紙を一枚ビリっと破いて、クレアに差し出した。

「これ」

その紙を見たクレアは、感嘆の声を上げた。

「まあ、とても分かりやすいわ！」

それは、几帳面《きちょうめん》な字で書かれた薬の種類と数、取引金額だった。

字が綺麗なのね、と、クレアが褒めると、ノアの耳がぴこぴこと動いた。

「……ん。師匠に習って勉強した」

耳と一緒にしっぽが、ゆらゆらと揺れる。本人はあまり表情を変えないが、しっぽと耳の感情表現はとても豊かだ。

いつか絶対にモフモフさせてもらうわ！　と、心に決めながら、クレアは少しかがむと、ノアに視線を合わせた。

「私、これからしばらくここでお世話になる予定なの。よろしくね」

にっこりと笑いかけると、ノアはしっぽをパタパタしながら頷いた。

「ん。よろしく」

＊

ノアが持ってきた台車に、薬の詰まった箱を積んだ後。二人が家に戻ると、居間でジュレミとラームが向かい合ってお茶を飲んでいた。

クレアが勧められるまま椅子《いす》に座ると、ジュレミが尋ねた。

「お疲れ様。ノアはどうだった？」

「すっごく可愛いです！　しかも字も綺麗で働き者で、力も強くて。とにかく、すごく可愛いです！」

興奮しながら、ノアが如何《いか》に可愛くて優秀かを力説するクレアに、「そうでしょう、そうでしょう」と、ジュレミが嬉しそうに微笑んだ。

「飲み込みも早いし、教えれば何でもできるから、お店周りのことはほとんどノアに任せているの。仲良くしてもらえると嬉しいわ」

「店番をしているんですね」

「そうよ。ノアは力持ちだしとっても働き者なの」

ジュレミが顔を綻ばせてノアを褒める。

その後、お茶を飲みながらしばし雑談をする四人。

クレアがジュレミに尋ねた。

「そういえば、ジュレミさんの魔法属性は何なのですか？」

「転移魔法よ」

「転移魔法、ですか」

ピンとこない顔をするクレアを見て、ジュレミがクスリと笑った。

「ふふ。聞き慣れないし、分かりにくいわよね。じゃあ、実演してみましょう。このカップを見ていてね」

目の前のカップに触れながら、ジュレミが何かブツブツとつぶやく。

と、次の瞬間。ジュレミの触れていたカップが消え、クレアの目の前に現れた。

「え！」

「ふふ。これが転移魔法よ」

「す、すごい！」

突然のことにクレアが目を丸くする。そして、思い当たって尋ねた。

「もしかして、私の手紙を届けてくれたのはジュレミさんですか？」

「ええ。そうよ。辺境伯領まで行ってきたわ。——ああ、気にしないで。仕事のうちだから」

お礼を言うクレアに、ジュレミはにっこり笑うと、ポケットから鶏の卵より少し小さい水晶玉を取り出した。

「あと、こんなものも作っているわ」

ジュレミが水晶玉を壁に向けてかざすと、壁にどこかの店の様子が映し出される。

「今映っているのは私の店よ。この水晶玉は、こうやって空間を捉《とら》えて、動く風景を記録できる魔道具なの。契約玉として使ったりするわ」

「契約玉？」

首を傾げるクレアに、ラームが口を開いた。

「複雑な交換条件がある契約を結ぶ時に使うのさ。文章は改ざんができるけど、契約玉は映像がその

まま記録されるから、嘘がつけない」

なるほど、と、感心するクレア。

「この森に設置されている『転移魔法陣』も、ジュレミさんが？」

「そうよ。よくできてるでしょ。実は、うちの店ともつながってるのよ」

ジュレミ曰《いわ》く、こうした魔道具たちのお陰で、隣国で店を開く許可が取れたらしい。しかも、ジュレミに何かあってはいけないと、店を密《ひそ》かに騎士が守ってくれているらしい。

ジュレミが、要は囲い込みね。と、笑う。

「だから、安心してノアに店番を任せられるってわけ」

そして、クレアを見て目を細めた。

「ふふ。貴族のお嬢さんって聞いたから、どんな子かと思っていたけど、気取らない良い子じゃない」

にこにこ笑うジュレミに、何となく恥ずかしくなってクレアが顔を伏せる。

ラームが溜息をついた。

「まだまだ若いんだから、細かいことは置いといて、街に遊びに行けばいいのに、ずっと籠って勉強ばかりしているんだよ。私がこのくらいの年には、ボーイフレンドの二人や三人はいたもんだけどね」

「あら、そういう人いないの？」

クレアは溜息をついた。

(……もう男性に関わるのは懲《こ》り懲《ご》りなのよね)

婚約者だったオリバーの仕打ちは、クレアの心を深く傷つけた。陰日向《かげひなた》なく尽くしてきたクレアより、あんなぽっと出の男爵令嬢を信じた挙句、大勢の前で婚約破棄をした。

彼の側近も同じで、在学中にあれだけクレアがオリバーに尽くしているところを見ておきながら、平気でクレアを裏切り、オリバーの愚行を止めようともしなかった。ダニエルに至っては、跡が付くほど強く腕を掴《つか》んで、クレアをパニックに陥れる始末だ。これで男性不信にならない方がおかしい。もう一生男性に関わりたくない気分だ。

複雑な表情を浮かべるクレアを見て、ジュレミが、ふうむ、という顔をした。

「何だか訳アリっぽいわね。でも、大丈夫よ。クレアちゃんはまだまだ若いんだから、幾らでもやり直せるわ」

私も若い頃は色々あったわ、と、遠い目をするジュレミに、クレアは首を傾げた。

(ジュレミさんも十分若い気がするけど、もしかして、見かけよりも上なのかしら)

ラームが溜息をついた。

「一応教えとくけど、ジュレミはあんたの三倍は生きてるからね」

「……!」

えええええ! というクレアの令嬢らしからぬ声が、森の奥に響き渡った。

第三章 好色殿下を助けることにしました

クレアが魔女の森に来て、七か月。夏が去り、乾いた透き通った風が吹く、初秋の午後。

カツ、カツ、カツ

ノアが爪で玄関のドアを叩《たた》く独特な音に、クレアは数時間ぶりに顔を上げた。

「あら、もうそんな時間?」

慌てて作業場を出て、玄関のドアを開けると、そこには笑顔のジュレミとノアが立っていた。

「こんにちは。クレアちゃん。ちょっと早いけど大丈夫かしら」

「大丈夫です。どうぞ入ってください」

笑顔で「お邪魔するわね」と、玄関に足を踏み入れるジュレミ。家の中を見て、その笑顔が一気に引きつった。

「……あ、相変わらず、なんていうか、すごい状態ね」

「ん。汚い。三か月前と同じ家とは思えない」

玄関の横には箱と本が地層のように積み重ねられ、その上に無造作にカゴが置いてある。玄関以外も同じような状況で、人が住んでいるとは思えない、まるで物置のような状態だ。

二人の指摘に、クレアは気まずく目を逸《そ》らした。

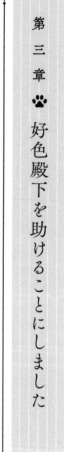

「……汚くはないです。ちゃんとゴミは燃やしています」

「そういう問題じゃないと思うんだけど……。まあ、いいわ。お土産《みやげ》に茶葉を持ってきたんだけど、お茶をするスペースはあるのかしら」

「あ、居間はまだ大丈夫です！」

クレアが胸を張ると、ジュレミは、はあ、と、溜息《ためいき》をついた。

「とりあえず、私は居間に行っているから、先にノアに薬を渡してくれるかしら」

はい、と、返事をして、作業場に向かうノアとクレア。

クレアはノアに一枚の紙を手渡した。

「はい。これが薬の種類と数量よ。確認して」

ノアが耳をぴくぴくさせた。

「ん。助かる」

ノアが紙を片手に箱の中の薬瓶を数えていく横で、そのゆらゆらと揺れる黒いしっぽをながめながら、クレアが箱を次々と並べていく。

一通り数え終わると、ノアが頷《うなず》いた。

「ん。ばっちり。何の問題もない。でも、どうして製薬とか計算は得意なのに、整理整頓がダメなのかが分からない」

クレアがバツが悪そうに目を逸らした。彼女本人もなぜ片づかないのかさっぱり分からないのだ。

努力はしたと思う。物置から収納に使える箱を持ち出してきて床に落ちているものを詰めたり、ジャマにならないように物を壁際に積んだり、色々とやってみた。でも、なぜかいつの間にか物が溢《あふ》れ出し、床に散乱しているのだ。ラームが言ったように「片づけられない呪い」でもかかっているんじゃないかと疑うレベルだ。

「と、とりあえず、運びましょう」

誤魔化すように薬の箱を持ち上げると、ノアと一緒に裏口に停めてある台車に次々と箱を積んでいく。そして、他《ほか》の部屋よりやや片づいている居間に移動すると、ジュレミが積まれていた本の一冊を読みながら待っていた。

「お疲れ様。どうだった？　ノア」

「ん。前回と同じ量あった」

「あら、そんなにいっぱいあったの。クレアちゃん、無理してない？」

「大丈夫です。あ、お茶淹《い》れてきますね」

クレアはジュレミから茶葉を受け取ると、台所に向かった。竈《かまど》からガラクタをどけて、古い真鍮《しんちゅう》の鍋でお湯を沸かしながら、溜息をつく。

（はあ。師匠がこの状況を見たら、きっとびっくりするでしょうね）

三か月前。ラームは旅に出た。どうしても必要な薬草が遠く離れた国にあるらしい。

どこかで買えないんですか？　と、尋ねるクレアに、ラームは首を振った。

「買えたら一番いいんだが、どれも希少でね。滅多に出回らないんだ」

「ジュレミさんでも無理なんですか？」

「ジュレミなら、お偉いさんに頼んで手に入れられるだろうけど、用途を聞かれるだろうしね」

クレアは首を傾《かし》げた。

「用途が特殊なんですか？」

「……そうだね。まあ、特殊だね。だから、手に入らないのであれば自分で採取しに行くしかないのさ」

少し寂しげに微笑《ほほえ》むラームを見て、クレアは心配になった。

「もしかして、師匠、何かの病気なんですか？」

ラームは目をぱちくりさせた。

「どうしてそうなるんだい？」

「いえ。何となく切羽《せっぱ》詰まっている感じがして」

普段のラームなら、手に入らない素材があっても、「まあ、急いでも良いことはないさ」と、手に入るのを待つのに、今回はわざわざ旅に出てまで自ら取りに行くという。何かあったとしか思えない。

クレアの心配そうな顔を見て、ラームは苦笑いすると、心配するな、という風にクレアの背中を叩いた。

「私が病気なわけじゃないさ。もちろんジュレミでもノアでもないよ。ただ、近いうちにないと困ることになりそうな薬草なんだ」

そして、ラームは真剣な顔になると、クレアの肩に手を置いた。

「長い留守になる。ジュレミの店への製薬と、この家のことを頼んだよ。教えられることは全て教えたから大丈夫だと思うけど、闇魔法と製薬の本を残していくから、迷った時は適当に読みな」

「はい。任せてください」

クレアは勢いよく頷いた。彼女は、とても張り切っていた。留守番と製薬をこうやって任せてもらえるようになったのがとても嬉《うれ》しかったからだ。家事面が少し不安ではあったが、彼女は思った。いざ一人で暮らせば、整理整頓くらいできるようになるだろう。と。

しかし、物事はそう上手《うま》くはいかなかった。

結局、二人暮らしでできないものは、一人暮らししたところでできるはずもなく。日を追うごとに荒れていく家。料理も下手《へた》だったことから、クレアは、「散らかった部屋で、生野菜ばかりを食べる生活」を送ることになってしまった。

(師匠が見たら卒倒しそうだわ)

苦笑いしながら、沸いたお湯で淹れたお茶を居間に運ぶクレア。テーブルの上に、ティーカップとトマトの入ったカゴを置くと、ジュレミが引きつった笑みを浮かべた。

「……まさかとは思うけど、このトマトって、お茶菓子的な感じかしら?」

「はい。一応。何もないのは寂しいかなと思って」

ジュレミが深いため息をついた。

「ラームが、『ちょくちょく様子を見に行ってやってくれ』って言っていた理由がよく分かるわ。ついでに干し肉も持ってきたから、たまには肉も食べなさい」

「……すみません。お手数おかけしてしまって」

恥ずかしくなって俯《うつむ》くクレアに、ジュレミが微笑んだ。

「いいのよ。得意不得意はそれぞれだもの。……まあ、不得意にも限度がある気もするけど」

その後、互いの近況を報告し合う三人。隣国で毒蛙《どくがえる》が増えたため毒消し薬が売れている話や、開発中の魔道具の話。森で見つけた美味《おい》しいキノコの話など、話題は尽きない。

そして、しばらくして。ジュレミが思い出したように口を開いた。

「そうそう。忘れるところだったわ。今日は注意しておくことがあったのよ」

「注意、ですか」

クレアは首を傾げた。彼女がこんなことを言うのは初めてだ。一体何なのだろうか。

ジュレミが声を潜めた。

「割と確かな筋からの情報なんだけど、近々王都が少し物騒になると思うから、行く時は気をつけなさい」

意外な話に、クレアは思わず眉《まゆ》を顰《ひそ》めた。王都といえば、治安が良いことで有名だ。その王都が物騒とは、どういう意味なのだろうか。

「あの、王都が物騒って、どうしてですか？」

「……ここだけの話、重要人物の暗殺計画があるみたいなのよ」

クレアは、思わず「え！」と、驚きの声を上げた。

（もしかして、知っている人かもしれない。まさかお父様!?）

心配のあまり、誰《だれ》ですか、と、身を乗り出すと、ジュレミが人差し指を口元に当てた。

「絶対に内緒よ。——どうやら、ターゲットは、第一王子のジルベルト、らしいのよ」

「……っ！」

クレアの持っていたティーカップが滑り落ち、床で割れた。

＊

ジュレミとノアが帰った後、クレアは部屋を歩き回りながら、うんうん唸《うな》っていた。

（ど、どうしよう……）

ジュレミの話によると、ジルベルト本人が手練《てだ》れなことも考慮して、暗殺の手段は『毒殺』の可能性が高いらしい。

（私が知らない間にそんなことになっていたなんて。……でも、状況的に暗殺計画が持ち上がってもおかしくない）

次期王太子指名を巡り、七か月前までは、オリバーがやや優勢だった。いくら武勇に優れているかといって、好色殿下などと呼ばれる男が王太子に相応《ふさわ》しいとは思えない、という意見が多かったからだ。民衆も、『好色殿下より、婚約者を大切にしているオリバー様の方が国王にふさわしい』と、オリバーに好意的だった。

だが、クレアを謂《いわ》れない罪で断罪したことにより、オリバーの評判はガタ落ち。

しかも、東の国境沿いの魔獣討伐で、ジルベルトが華々しい活躍をしたため、情勢は一気にジルベルト寄りになったらしい。

(王太子選定まで、あと半年。この状況をひっくり返そうと、暗殺が計画されても不思議はないわ)

ジルベルトが殺されることを想像して、クレアは思わずしゃがみ込んだ。お腹《なか》の底が冷たくなる嫌な感覚がする。

(だめ。あの人が死ぬのは絶対にだめ)

クレアのことを信じて逃がしてくれた恩人。

「それなのに、私、お礼も言えてない」

彼女は部屋をぐるぐる歩き回りながら、ジルベルトを助ける方法を必死に考え始めた。

(手紙で知らせる？　駄目ね。きっと他の人間に読まれてしまうし、信じてもらえない。――直接会って知らせる？　無理ね。私はお尋ね者の上に魔女だもの。王族の彼に接触なんてしたら、迷惑がかかるわ。誰にも気づかれずに彼を助ける、良い方法はないかしら……)

その夜、クレアは遅くまで考えを重ねた。

＊

翌日昼過ぎ。

クレアは、ラームが置いていった色あせた紺色のローブを身にまとい、家を出た。

念のため、魔法を使って髪の毛と目の色を、この国で最も一般的な茶色に変えている。

向かうのは、庭の片隅に建っている、転移魔法陣の設置してある小屋。緑色の屋根に、壁の色が分からないほど緑色の蔦《つた》で覆われた外壁、木々の間に建っていることも相まって、ぱっと見そこに小屋があるようには見えない。

クレアは蔦を掻《か》き分けると、木の扉を開けた。小屋の中は空っぽで、小さな天窓からわずかな光が差し込むのみ。よく見ると片側の壁に、ぼんやりと光る二つの転移魔法陣が描かれている。

片方が、『ジュレミの店』。

もう片方が、『森の入り口』。

ジュレミの渾身《こんしん》の力作で、魔力登録していない者には使えない仕組みになっているらしい。

クレアは、軽く息を吐くと、森の入り口行きの魔法陣に手を置いて、ゆっくりと魔力を流し始めた。

魔法陣が鈍い金色に光り始める。

そして、徐々に空気が歪《ゆが》み――――、数秒後。彼女は、入り口が蔦に覆われている、湿っぽくて薄暗い洞窟の中に立っていた。用心しながら蔦を掻き分けて外に出ると、そこは鬱蒼《うっそう》とした森。

「ええっと、サザラナの木、だったわよね」

ところどころに生えているサザラナの木を頼りに、木の枝や落ち葉を踏みながら歩いていくと、森の終わりと、王都につながる街道が見えてきた。

「さあ。ここから人に見られないように気をつけないと」

慎重に森を出て、街道を歩き始める。ひたすら前を見て真っすぐ進む。

そして、足が少しだるくなってきた頃《ころ》、ようやく前方に王都を囲む堅牢《けんろう》な城壁が見えてきた。

クレアは軽く息を吐いた。久々の王都に、緊張が走る。

何か聞かれたらどうしよう。と、ドキドキしながら入門の列に並ぶが、師匠の貸してくれた身分証を見せてお金を払うと、あっさり中に入れてくれる。

彼女は約七か月ぶりに王都へと足を踏み入れた。

(ああ、久し振りだわ)

ローブのフードを目深に被ると、目をあちこちに動かしながら歩き始める。

街は活気に満ち溢れており、人々が忙しそうに働いている。

(このへんは馬車でしか通ったことがないのよね。自分の足で歩けるなんて、夢みたい。自由ってなんて素晴らしいのかしら!)

軽い足取りで石畳の上を歩きながら、ショーウインドウを物色したり、店先に置いてある薬草や薬をチェックする。

そして、一軒の小さな洋服店に入ると、新しいローブとワンピースを選び、今着ているものを着替えた。

(たまには、新しい服も買わないとね。——あ! あのお菓子美味しそう! 森は甘いものがないのが玉に瑕《きず》だわ)

来た目的を忘れ、クレアが浮かれた足取りで繁華街を歩いていた——、その時。

「キャー!! ジルベルト様ー!」

聞こえてきた黄色い声に、ふと顔を上げると、そこにはたくさんの女性に囲まれた、制服姿の騎士が立っていた。スラリとした長身に端正な顔立ち、黒い長めの前髪からのぞく紫色の瞳《ひとみ》から放たれる壮絶な色気。国随一の剣の使い手であり、騎士団長でもある、第一王子ジルベルトだ。

(いたわ！　ジルベルト様！)

突然の探し人の出現に、とっさに店の陰に隠れるクレア。

彼女の視線の先で、ジルベルトが周囲を囲んだ女性たちに尋ねた。

「今日も元気そうだな。変わりないか？」

「「はい！　今日も元気ですわ！」」

そうか、と、ジルベルトが愛想の良い笑みを浮かべる。その笑顔に、キャーっという黄色い声を上げながら、悶《もだ》える女性たち。

クレアは思わずジト目になった。

(――なんだか、すごく腹が立つわ。なんなのよ、アレ)

やっぱり好色殿下は好色殿下なのね。と、冷たい目でジルベルトを見る。もう帰ってしまおうか、とも考えるが、彼女は、ブンブン、と首を振った。

(でも、彼は恩人。やることをちゃんとやらないと)

クレアはフードを目深に被ると、ジルベルトの方へ歩き始めた。

ちなみに、彼女の計画は、ジルベルトに闇魔法である『解毒能力強化の魔法』をかけること。

この魔法を教えてくれたラーム曰《いわ》く、効果は大体三日。この間は、どんな毒を飲んでも、体内で分解することができるらしい。一般的な『火地風水』属性では成しえない、闇属性ならではの魔法だ。

（ただ、闇魔法の弱点は、体に接触しないといけないことなのよね）

服越しでも、相手に手で触れなければ、魔法をかけられないのだ。

しかし、幸いなことに、街で見かけるジルベルトは、よく女性に群がられている。闇魔法は一般属性の人間には感知されにくい。女性たちの中に入って、こっそりジルベルトに触れればいい。

そう思って、ジルベルトを囲む女性たちの輪に入るべく、動き出したクレアだったが……。

――十分後。

彼女は、とあるカフェで、テーブルに突っ伏して、ずううううん、と、落ち込んでいた。

（は、入れなかった……）

女性たちの引くほどの熱気と、我こそはジルベルト様のそばに、という気合に、クレアは負けてしまったのだ。

そして、まごまごしているうちに、「すまないが、もう行く」と、ジルベルトが立ち去ってしまった。

彼女は溜息をついた。

（私が、あの中に入ってジルベルト様に触るのは、きっと一生無理だわ。――あまり気は進まないけど、こうなったら家に忍び込むしかないわね）

クレアは、運ばれてきたマドレーヌを食べながら、闇夜に紛れてジルベルトの自宅に潜入することを決心した。

＊

冷たい風が落ち葉をカサカサと鳴らす、静かな夜。

闇夜に紛れ、一匹の美しい毛並みをしたグレーのケットシーが、王宮に隣接する騎士団施設に忍び込んだ。

(ふう。何とか無事には入れたわ)

このケットシーの正体はクレア。使っているのは、師匠ラーム直伝の変身魔法だ。

熟練度が足りないため、動きが妙に人っぽいのが玉に瑕だが、首に光る金色の従魔のしるしを含め、どこをどう見ても立派なケットシーだ。

トコトコ、と、騎士団施設の敷地を走り、騎士団寮から少し離れた、緑色の蔦が壁一面に絡まっている建物に到着すると、クレアは上を見上げた。

(確か、ここよね)

クレアが王都から離れる少し前。それまで騎士団寮に住んでいたジルベルトが、ここ、招待研究員寮の最上階に引っ越したとの話を耳にした。理由は、度重なる女性の夜這《よば》い。ジルベルト狙《ねら》いの女性が相次いで捕まり、ちょっとした騒ぎになったのだ。

引っ越し先の建物は、騎士団施設に隣接している三階建てで、ちょうど最上階に住んでいた研究者が帰国して部屋が空いたことから、ここに引っ越しが決まったらしい。

クレアは、建物の周りをぐるりと回った。入り口は一つで、騎士らしき男が立っている。壁の蔦はそこまで丈夫ではなく、人が掴《つか》まって登れる強度はない。でも、ケットシーであれば余裕だ。

クレアは、恐らくジルベルトの部屋のものであろう、突き出したバルコニーの下に立つと、壁に飛びついて、蔦を這い上がり始めた。落ちないように、下を見ないように、ゆっくりゆっくり上がる。

そして、バルコニーに飛び移り、一息つくと、そうっと明るい部屋の中を覗《のぞ》いた。

(壁に騎士服がかかってるから、ここで間違いないわね。帰ってはいるみたいだけど、いないのかしら……)

今がチャンス、と、こっそり忍び込もうとして前足を出す。

しかし、そこから足が前に進まない。そもそも男性の部屋に入るのはいかがなものか、などと、今更なことを考え始める。

(……でも、触らないと魔法はかけられないわ。今の私はケットシーだし、部屋に入るのはジルベルト様を助けるため。気にしちゃだめよ、私)

自分を鼓舞して、窓に付いている『従魔専用出入口』から、用心しいしい部屋の中に入る。

大きな部屋には、ベッド、ソファ、クローゼットなどの基本家具が並べられている。カーテンやベッドカバーは紺色で統一されており、男性の部屋っぽさが漂っている。ソファの前には魔法ストーブが置いてあり、上には小さなやかんが置いてある。そして、意外なことに。部屋はとてもきれいに整頓されていた。

(……もしかして、ジルベルト様の方が私より片づけが上手《じょうず》なのかしら)

謎《なぞ》の敗北感を感じるクレア。

――と、その時。

「珍客だな」

「……っ！」

突然声をかけられ、彼女は飛び上がった。慌てて声の方向を見ると、続き部屋の入り口らしきところに、ラフな白いシャツを着た長身の男性が立っていた。彫刻のような整った顔立ちに、黒い髪と紫色の瞳。部屋の主《あるじ》であるジルベルトだ。

（み、見つかった！）

クレアは素早く物陰に隠れた。急に現れた大柄な男性に足が震える。

その様子を見たジルベルトは、その場に静かにしゃがみ込むと、彼女の首元をそっと覗きこんだ。

「……首輪付きか。もしかして、お前の主人は、前の住人か？」

言っている意味が分からず、思わず首を傾げるクレア。

ジルベルトが、軽く息を吐いた。

「そこまでは分からないか。……それにしても、どうするか。こういう時は、食べ物か」

ちょっと待っていろ、と、ジルベルトが、そっと立ち上がる。部屋の中央のテーブルにのっていた箱から何か取り出すと、皿の上にのせてクレアの前方の少し離れた場所に置いた。

「これはどうだ？」

漂ってくる美味しそうな香りに、何だろうと伸び上がって皿の上を見て、クレアの目がキラリと輝いた。

（ク、クロノスのマカロン！）

それは久々に見る、クレアが頻繁に通っていた高級菓子店のマカロン。サクサクな食感が好きで、メイドたちに買ってきてもらってはよく食べていた。見たことのない色は、新作か季節限定品だろうか。

久々の好物を前に、怖さを忘れて、ごくり、と、唾を飲み込む。

（い、いいのかしら、食べても。でも、男性に餌付けされるだなんて、女の名折れじゃないかしら、って、女も何も、今はケットシーだけど）

よだれをたらさんばかりの表情をしながらも、なかなか動かないクレアを見て、ジルベルトは口の端を緩めながら立ち上がった。

「俺《おれ》は向こうに行くから、好きなだけ食べていいぞ」

その場を離れ、宣言通り、ストーブの前にある革張りの三人掛けソファに座って本を読み始める。

クレアは、あくまでこれはジルベルトを油断させるためだ、と自分に言い聞かせて。皿に近づいて両前足でマカロンを掴むと、思い切って食べ始めた。

（おいしい！）

外はサクッと、中はしっとり。クリームの甘さが絶妙だ。

高級菓子店ならではの洗練された優美な味に、彼女はうっとりした。

（ああ、ずっとこういうの食べたかった！）

はぐはぐと夢中で食べるクレアの様子を見て、ジルベルトが言った。

「口に合ったようだな」

その声を聞いて、クレアは目を丸くした。

（この人、こんな優しい声を出せるのね）

いつもの淡白な声の主とは、別人のようだ。

（こんな高くて美味しいお菓子をくれるなんて、結構いいところあるじゃない）

全て美味しく食べ終わり、クレアがジルベルトの評価を上方修正していると、ジルベルトが彼女に向かって、ぽんぽん、と、座っているソファの隣を叩いた。

「そこは寒い。こちらに来ないか？」

クレアは躊躇《ちゅうちょ》した。お菓子は美味しかったが、だからと言って近寄るのは怖い。

（……でも、いずれにせよ触れなければ魔法は発動できないわよね。害意もなさそうだし、とりあえず近づいてみましょう）

用心しながらソファに近づいて見上げると、ジルベルトが座っている反対側の端に、白いふかふかのタオルが折って置いてあるのが目に入る。どうやら、クレアの居場所を準備してくれたらしい。

（いつの間に）

ソファの端と端であることに安心し、タオルの上に飛び乗る。

隣に来た小さなケットシーを見て、ジルベルトが目を細めた。

「……懐かしいな」

その言葉で、クレアは思い出した。そういえば、七年前に亡くなったジルベルトのお母様は、ケットシーを肩に乗せていたわ、と。

どう反応して良いか分からず、とりあえずタオルの上に丸まるクレア。

ジルベルトは、しばらく彼女をながめた後、再び本を読み始めた。

部屋はとても静かで、聞こえてくるのは、ストーブの上のやかんが沸騰する、しゅんしゅんという音と、ジルベルトがページをめくる、ぱらりぱらり、という音のみ。

最初は緊張していたクレアも、穏やかな空気に警戒を解いていく。

（お腹もいっぱいだし、暖かくて気持ちがいいわ……）

お腹の皮が張ると、目の皮がたるむ。クレアはうとうとし始める。

そして、軽くソファが揺れて。気がつくと、ジルベルトが、かがんで彼女の顔を覗き込んでいた。

（わわっ！）

クレアがびっくりして飛びのくと、ジルベルトは両手を上げて一歩後ろに下がった。

「寝ているかと思ったんだ。驚かせてすまない」

見ると、いつのまにか彼の服が寝巻《ねまき》に替わっている。どうやらそこそこ長い間寝ていたらしい。

ジルベルトがしゃがみ込んで、クレアに視線を合わせた。

「俺はそろそろ寝るが、好きにしていいぞ」

こくこくと頷くクレア。

ジルベルトは優しい目で「おやすみ」と言って立ち上がると、部屋の隅にある大きなベッドに入った。しばらくすると、ふくらみが上下し始める。

（どうやら、眠ったみたいね）

クレアは、ソファの上で、ぐぐーっと伸びをした。よく寝たおかげか体調が良い。

（……ちょっと油断しすぎよね、私）

彼女は苦笑した。動物の姿だからって、だらけすぎだ。これ以上醜態をさらす前に、やることをやってしまおう。

（ジルベルト様も眠ったみたいだし、始めましょうか）

クレアは、そっとベッドに近づくと、上下するふくらみの横に静かに飛び乗った。

一瞬動きが止まるものの、また寝息が聞こえ始める。

彼女は、軽くジルベルトの背中部分に触れて息を小さく吐くと、気がつかれないように、ラームに習ったよりも更に細く魔力を出し始めた。彼の体内を探り、毒がないことを確認する。

そして、少しだけ魔力を高めると、心の中で呪文を唱えた。

「〈解毒能力強化〉」

ジルベルトの体が、分からないくらいほんのり光る。

（うん、これでよし）

クレアは、そっと床に飛び降りた。これで毒を飲んでも、しばらくは大丈夫なはずだ。

（じゃあ、仕事も終わったし、帰りましょう）

ぴょん、と、窓枠の上に飛び乗る。窓に付いている『従魔専用出入口』から外に出て、ちらりとジルベルトを振り返ると、「またね」と口の中でつぶやいて、彼女は夜の闇へと消えていった。

＊

クレアがジルベルトの部屋を初訪問してから、三週間後。冷たい風が頬《ほお》に心地よい秋の午後。

ジュレミとノアが、ラームの家にやってきた。

「いらっしゃい。お待ちしていましたわ」

いつも通り、薬を数えて運んだあと、居間でお茶を飲む三人。クレアが、街で買ってきたお菓子を出すと、二人が目を丸くした。

「あら！　今日はお菓子なのね！」

「ん。びっくり」

「はい。実は、久し振りに街に行ってきたんです」

「あら！　それは良かったわ。気分転換は大切よ」

出されたお菓子を、耳をぴこぴこ動かしながら、ノアが美味しそうに食べる。

その可愛《かわい》らしさに、「もっと早く街に行ってお菓子を買ってくれば良かったわ」、とクレアが後悔していると、ジュレミがティーカップを上品に置いた。

「そういえば、なんだけど、私、来月から一か月くらい留守にすることになりそうなのよ」

「留守、ですか？」

「そうなのよ。新しい転移魔法陣の設置でね。場所も遠いし、設置にも時間がかかりそうなのよね。

――あ、店はいつも通りノアに任せようと思うから、薬は作ってもらって大丈夫よ」

分かりました、と、頷くクレア。

ジュレミは、彼女をジッと見ると、おもむろに口を開いた。

「それでね、クレアちゃん。もしも良かったら、一緒に来てみない？　基本的に行動は自由だし、普段見れないものが見れるわ。あと、ご飯もすごく美味しいわよ」

クレアは目を丸くした。

「ご迷惑じゃないですか？」

「全然！　クレアちゃんが来てくれたら、きっと楽しいわ」

にっこり笑うジュレミを見ながら、クレアは考え込んだ。

（これは、すごく良い話じゃないかしら）

美味しいご飯も魅力だが、ジュレミの仕事を見れるなんて、滅多にないチャンスだ。それに、何と言っても、外国を見て回るのは、クレアの長年の夢だ。

しかし、悩んだ末、クレアは残念そうに首を横に振った。

「……ごめんなさい。行きたいのだけど、やらなくてはいけないことがあって」

「そう。分かったわ。でも、もしも気が変わったら教えてちょうだい」

「はい。分かりました。ありがとうございます」

＊

ジュレミたちが帰って、数時間後。夕方の気配が漂い始めた頃。

クレアはそっとラームの家を出ると、転移小屋に向かった。行き先は森の入り口。いつもの洞窟に転移し、森を出て、門が閉まる前に王都に入る。

そして、日が暮れるまで繁華街で時間を潰《つぶ》すと、クレアはケットシーに姿を変え、夜の闇に紛れて騎士団施設に向かった。

慣れた様子で蔦をしゅるしゅると登り、バルコニーに出ると、窓に付いている『従魔専用出入口』から部屋を覗き込んだ。部屋は暖められている様子で、ジルベルトが机に向かって何か書き物をしているのが見える。

クレアが、ちょろちょろと入っていくと、ジルベルトが顔を上げた。

「来たな。今日もあるぞ」

(やった！　今日は何のお菓子だろう？)

機嫌よくしっぽを振りながら、「にゃあ」と返事をするクレア。床に用意してあるマットで足を拭くと、いつもの定位置である、ソファの上の赤いクレア専用クッションに座る。

ジルベルトは、壁にかけてある騎士服のポケットから、可愛らしい菓子包みを取り出すと、クレア専用の赤い花柄の皿に菓子を置いた。

「今日は、ブロンズ菓子店のクッキーだ」

クレアはクッションから飛び降りると、テーブルの上の皿に駆け寄った。両前足でクッキーを持つと、もぐもぐと幸せそうに食べ始める。

（ん～。美味しい！　やっぱり高級菓子店のお菓子は素晴らしいわ）

その様子を見ながら、ジルベルトも袋に手を入れて、クッキーを一枚食べる。

「部下に勧められて買ったが、この店の菓子もうまいな」

「にゃあ」

クレアは完全に餌付けされていた。

最初は、魔法の効きを確かめに来ただけだった。ジルベルトほどの魔力の持ち主は、魔法にかかりにくいことが多い。効果が持続しないのではないか、と、心配したからだ。

そんなクレアを、ジルベルトは歓迎してくれた。部屋に招き入れ、毎回お菓子を出してくれるようになった。

もちろん、初めはクレアも慎重だった。男性の部屋に入り浸るのは良くない、とか、そもそも男性ってだけで信用できない、など、色々考えた。

しかし、高級菓子の魅力には勝てず。「私、今、ケットシーだし。一応用事があるし」と、自分に言い訳。気づけば、三日に一回の頻度でジルベルトの部屋に通っていた、という次第だ。

（は～。美味しかった）

食べ終わったクレアが、満足げな表情でソファに丸くなる。

口元に微笑を浮かべながら、その隣に座って本を読み始めるジルベルト。

その様子を横目で見ながら、クレアは心の中でつぶやいた。

（それにしても、ジルベルト様って、噂《うわさ》と全然違うわね）

噂では、彼は『好色殿下』と呼ばれるほど、毎晩複数の女性と遊んでいる、という話であった。

しかし、ジルベルトのもとに通い始めて約三週間。一回も部屋にいなかったことがないし、遊びに行っている雰囲気もない。

しかも、読んでいる本は、戦術や政治経済に関する学術書など、勉強熱心なクレアでも読むのが難しい本を、平然と読みこなしている。

(オリバー様なんか比較にならないくらい優秀だわ。……確かに街で見た時は女性に愛想よく振舞ってはいたけど、『好色殿下』なんて酷《ひど》いあだ名で呼ばれる理由にはならないわよね。どうしてそんな噂が流れたのかしら)

考えられる可能性は三つ。
一、本人に色気がありすぎて好色に見えたため、おかしな噂が立ってしまった。
二、ふられた女性やモテない男性に恨《うら》みを買って、誇張した話を噂として流された。
三、ジルベルトの評価を下げるために、政敵が偽の噂を流した。
(一も二も捨て切れないけど、一番可能性が高いのは、やっぱり三つ目かしらね)

あの王妃ならやりかねない。手段を選ばず人を蹴落とす様を、近くでよく見てきた。愛息子オリバーのライバルであるジルベルトを蹴落とすためなら、出鱈目《でたらめ》な噂くらい幾らでも流すだろう。

(でも、そうなると不思議なのよね)

ジルベルトは第一王子な上に、非常に優秀だ。本人が本気になって否定すれば、ここまで大きな話にはならなかっただろう。

（ということは、噂を否定しなかったってこと？　でも、あんな噂、百害あって一利なしよね）

と、クレアがそんなことを、うとうとしながら考えていると、ジルベルトがゆっくりと立ち上がった。どうやらもう寝るらしい。

彼は、バスルームで寝る準備をすると、ガウンを脱いで壁にかけて、クレアを振り返った。

「明日早い。先に寝るぞ」

クレアが、了解、とばかりに「にゃあ」と鳴くと、彼は感心したように口を開いた。

「お前は賢いな。まるで人と話しているようだ」

誤魔化すように、ツーっと目を逸らすクレアの頭に、ジルベルトが大きくて温かな手をのせた。

「またな。おやすみ」

ジルベルトがベッドに入ってしばらくして。クレアは、ぐぐーっと伸びをして立ち上がると、心の中で苦笑した。

（本当に、私、一体何しに来ているのかしら。最初は、お菓子が美味しかったから来ていたのだけど、なんだか居心地が良いのよね。ジルベルト様も歓迎してくれるし）

そして、思った。

（……もしかすると、私も彼も、寂しいのかもしれないわね）

ラームが旅に出て以来。たまにジュレミとノアが来る以外、クレアは昼も夜もずっと一人で過ごしている。やることはいっぱいあるし、本棚にある冒険譚《たん》や旅行記を読んでいると、あっという間に時間が経《た》つが、一人というのはやはり寂しいものだ。

ジルベルトも仕事が終われば、部屋でずっと一人。どこかに出かける雰囲気も、友だちがいる雰囲気もない。

（……私たち、少し似ているのかもしれないわね）

心の中で、ぽつりとつぶやく。そして、溜息をつくと、ぶんぶん、と、首を振った。

（考えたって仕方ないわ。私が寂しいのも、彼が一人で過ごしているのも、どうしようもないことですもの。さっさと終わらせて、帰りましょう）

彼女は、ソファから飛び降りると、ベッドの上に飛び乗った。細い魔力をジルベルトに流し、体内を探る。いつもなら、ここで何もなく終了するのだが……。

（え？）

クレアは、ピシリと固まった。念のため、もう一度体内を探り、ギュッと眉を顰めた。感じるのは、いつもの無味ではなく、檸檬《れもん》を食べた時のような、すっぱい感覚。

クレアの脳裏にラームの言葉が蘇《よみがえ》った。

『相手の体を調べる時は、直接触って魔力を流すんだ。すっぱい味がしたら毒。苦い味がしたら闇属性の呪いさ』

（このすっぱい感じ。間違いなく毒だわ）

暗殺計画の始まりを感じ、戦慄《せんりつ》するクレア。

――そして、これ以降。ジルベルトの体内から、毎回毒が見つかるようになった。

＊

ジルベルトの毒に気がついてから、数日後。

秋らしい柔らかく澄んだ陽射《ひざ》しが窓から差し込むラームの家の書斎で、クレアは熱心に本を調べていた。

「間違いないわ。あれはライカの毒ね」

少量を複数回飲ませることにより、体からゆっくりと生気を奪っていく毒。北の国の山頂にしか生えない非常に希少なライカの花弁を使うため、手に入れることすら困難な毒薬だ。

どうやら、相手は長い時間をかけて、ジルベルトを衰弱死に追い込むつもりらしい。

クレアは考え込んだ。

今は、クレアの解毒能力強化の魔法と本人の毒耐性で事なきを得ている。しかし、魔法の効果が切れたり、風邪やケガなどで体が弱ったら、何かしらの症状が出るだろう。厄介《やっかい》なのが、それが単なる体調不良として片づけられる可能性が高いことだ。解毒薬を飲ませようと思う医師はまずいないだろう。

（さて、どうしよう……）

＊

その二日後。

カーテンの向こうがぼんやりと明るくなってきた、早朝。

蔦に覆われた招待研究員寮の自室で、ベッドから起き上がったジルベルトが、驚いたような声を出した。

「珍しいな。お前、まだいたのか」

ケットシーのクレアが、ソファの上に置かれた赤い専用クッションの上にちょこんと座って、にゃあ、と鳴く。

ジルベルトはベッドから降りると、クレアの正面にしゃがみ込んで、温かい手でその頭を撫《な》でた。

「寒くなかったか?」

大丈夫、とばかりに、顔を洗う仕草をするクレア。

ジルベルトが、ほっとしたような顔をして、バスルームに移動する。そして、騎士服に着替えて出てくると、かがんでクレアと目を合わせた。

「お前、どうする。適当に外に出ていくか?」

ジルベルトが、クレアの頭を撫でようと手を伸ばす。

(今だわ)

クレアはその手に飛び移ると、腕を伝って器用に肩の上に座った。目の前にはジルベルトの端正な顔。

(ち、近い! それに、石鹸《せっけん》のいいにおいがするわ……)

なんだか悪いことをしている気がしてドキドキしながら俯くクレアに、ジルベルトが尋ねた。

「もしかして、お前、一緒に来るつもりか？」

「にゃあ」

こくこくと頷くクレア。

ジルベルトが、「参ったな……」と嬉しそうな、でも、少し困ったような顔をする。そして、「まあ、誰の従魔か分かるかもしれないな」と、つぶやくと、肩のクレアを指で撫でた。

「大人《おとな》しくしているんだぞ」

「にゃあ」

真面目《まじめ》な顔で鳴きながら、クレアは心の中でホッと胸を撫でおろした。

（ちょっと緊張するけど、とりあえずは大成功だわ）

ライカの毒は、非常にデリケートな甘い液体で、食事と一緒に摂取させるのであれば、直前に混入させる必要がある。ということは、ジルベルトが口にする直前に誰かがこっそり混ぜている可能性が高い。その誰かが分かれば、解決の糸口が見えるかもしれない。

（というわけで、犯人を捜すわよ！）

懸念材料としては、騎士団のほとんどが男性なこと。ジルベルトには大分慣れたものの、クレアはまだ男性が苦手だ。騎士団にも当然近寄りたくない。

（でも、一緒に行動しないと、犯人を見つけるのは無理よね）

それに、考えようによっては、男性嫌いを払拭するチャンスかもしれない。毒の犯人が見つかった上に、男性不信の払拭に成功すれば、一石二鳥だ。

（がんばるわよ！）

そんなクレアを肩に乗せたまま、部屋を出るジルベルト。気遣うように彼女を撫でると、階段をゆっくりと下り始めた。

（わ！　わわ！　これは怖い！）

クレアは、思わずジルベルトの肩にしがみついた。普段の自分よりもずっと高い視点で階段を下りていく感覚に恐怖を覚える。

「大丈夫か？」

ジルベルトが心配そうに手を添えてくれる。

「降りた方がいいんじゃないか？」と、提案されるが、クレアはツンと横を向いて無視した。ここからでなければ、誰がジルベルトの食事に毒を入れるかが見えないではないか。

（とりあえず、こういうのは慣れよね）

ゆっくり歩いてくれる彼に感謝しつつ、何とか慣れようと、必死に肩にしがみつく。お陰で、すぐそばに顔があることも全く気にならない。

クレアを怖がらせないようにと気を使いながら階段を慎重に下り、外に出るジルベルト。朝のひんやりとした空気の中、歩くこと数分。前方に、朝日に照らされたレンガ造りの大きな建物が見えてきた。中からにぎやかな人の声が聞こえてくる。

「騎士団施設だ」

ジルベルトが、クレアに教えるようにボソッとつぶやくと、中に入っていく。

入り口近くで談笑していた体格の良い若者数名が、ジルベルトを見るなりガバッと頭を下げた。

「お、おはようございます！　団長！」

複数男性の登場に、クレアは顔を引きつらせた。

（や、やっぱり男性は苦手だわ！）

思わずジルベルトの頭の陰に隠れる。

そんなクレアに手を添えながら、ジルベルトが口を開いた。

「ああ。おはよう。早いな」

「おはようございます！　後で手合わせお願いします！」

「ああ。こちらこそよろしく頼む」

若者たちの丁寧な挨拶《あいさつ》に、ジルベルトも無表情ながらも一人一人にきちんと挨拶を返していく。

その礼儀正しさに、男性に怯《おび》えながらもクレアは密《ひそ》かに感心した。

（すぐに人を見下すオリバー様とは大違いだわ）

そして、廊下を進んで吹き抜けの広い食堂に出て、クレアは目を大きく見開いた。

（わー！　広い！　あと、すごい人！）

長いテーブルに座っているのは、騎士や魔法士たちだろうか。幸いなことに女性も多く、皆、楽しそうに食事をしている。

ジルベルトが入っていくと、料理人らしき太った中年の男性と、二人の給仕姿の若者が出てきて、お辞儀をした。

「おはようございます。ジルベルト様」

「ああ、おはよう。今日もよろしく頼む」

皆が食事をしている場所から少し離れた、誰もいない広いテーブルに案内されるジルベルト。

料理人と給仕二人が、大皿に盛られた料理が複数並んだワゴンと、皿を十枚ほど持ってきた。

「どちらを召し上がりますか？」

「では、これと、これと、あと、これをいただこう」

ジルベルトが、パンケーキと果物の盛り合わせ、クリームシチューの三つと、皿を三枚選ぶ。

「おや。今日はいつもと違うものをお選びですね」

「ああ、こいつがいるからな」

頬を緩ませたジルベルトが、肩のクレアの頭を人差し指で撫でる。

クレアの存在に気がつき、目を丸くする料理人と給仕たち。

「このケットシーにも、俺と同じ食事を出してやってくれ」

クレアは驚いてジルベルトの横顔を見た。まさか、自分の好きそうなものを選んでくれるとは思わなかった。

(しかも、好きなものがバレてるし！)

嬉しいようなくすぐったいような気持ちになる。

ジルベルトが選んだ料理を、同じく選んだ皿に取り分け、若者二人がスプーンで食べ始める。

クレアは感心した。

(なるほどね。皿も料理も自分で選んで、使っているのは毒に反応する特殊スプーンなのね。ちゃんと毒見もいる。素晴らしいわ。――となると、毒の混入は食堂じゃなさそうね)

毒見が終わり、大きなテーブルで一緒に朝食を食べるジルベルトとケットシー姿のクレア。

珍しい光景に、周囲の騎士や魔法士が、ちらちらと一人と一匹を見る。

ジルベルトが、ひょい、と、クレアの後ろを指さした。

「ほら、あそこにお前の仲間がいるぞ」

指さす方向に視線を向けると、そこにいるのはクレアより一回り以上大きい茶色のケットシーで、魔法士のローブを着ている男の横で、夢中で肉にかぶりついている。

「こうやって見ると、お前は上品だな」

クレアは、ツーっと目を逸らした。実のところ、普通のケットシーの食事風景を見たことがなかったので、適当に食べていたのだが、どうやらあまりそれらしくなかったらしい。

(でも、今更、肉にかぶりつくのも、ね……)

ジルベルトは疑っていないようなので(そもそも変身など普通の魔法ではありえない)、このままの上品路線でいこう、と、心に決める。

そして、無事食事が終わって、クレアを肩に乗せたジルベルトがつぶやいた。

「……たまには、誰かと一緒に食事をとるのも悪くないな」

その響きが少し寂しげで。クレアは、そっとジルベルトの頬をしっぽで撫でた。

＊

朝食が終わると、ジルベルトは、クレアを肩に乗せて鍛錬場に向かった。

広い土の鍛錬場では、たくさんの騎士が、木刀を振ったり走ったり、思い思いの鍛錬をしている。

(予想はしてたけど、見事に男性だらけね……)

クレアは体を固くした。男性だらけの状況に身がすくむ。

そんな彼女に気がつき、ジルベルトがその背中を優しく撫でた。

「大丈夫だ。皆ガタイは良いが、いい奴《やつ》ばかりだ」

そう言われて、クレアは自分を戒めた。

(そうよね、みんながダニエルみたいな暴力男じゃないわ。良い人もいるのに最初から怖いと決めつけるのは良くないわ)

クレアの頭を軽く指で撫で、ジルベルトが鍛錬場に入っていく。

団長の登場に、皆手を止め、一斉に挨拶した。

「おはようございます！　団長！」

「本日もよろしくお願いします！」

そして、ジルベルトの肩のクレアを見て、ポカンとした顔をした。クールな団長の肩に、小さくて可愛らしいケットシー。なんか、ものすごーく、似合わない。そう言いたげな視線だ。

副団長らしき、やや頭が寂しい騎士が近寄ってきて、小声で尋ねた。

「だ、団長。そのケットシーは従魔ですか？」

「ああ。誰のか分からないので保護している。方々に尋ねたんだが持ち主が分からなくてな。こうやって連れ歩けば名乗り出る者がいるかもしれないと思って連れてきた」

「な、なるほど。では、今日は魔法ありの鍛錬ではないということですね」

副団長らしき騎士は明らかにホッとしたような顔をすると、ざわざわしている騎士たちの方を向いて、大声を張り上げた。

「本日は、予定通り、団長と木刀での模擬戦を行う！」

騎士たちが、了解、と、大きく返事をする。

そのうち一人を見て、クレアは思わず毛を逆立てた。

（あれは、ダニエル！）

謝恩パーティの会場から出て行こうとしたクレアの腕を、跡がつくほど強く掴んで転ばせた、オリバーの腰巾着《こしぎんちゃく》。クレアにトラウマを植え付けた人物と言っても過言ではない。

（令嬢に乱暴を働いておきながら、騎士団にいるなんて、信じられない！）

鋭い眼光……のつもりで、ダニエルを睨《にら》みつける。

ジルベルトは、副団長らしき騎士と軽く打ち合わせをした後、クレアをそっと騎士たちが待機している場所と反対側のベンチの上に置いた。

「これから模擬戦だ。危ないから、ここにいてくれ」

クレアが、こくこく、と頷く。

ジルベルトが上着を脱いで、木刀を手に素振りを始める。

まくったシャツから見える腕が、思った以上にたくましいなと思いつつ、クレアは少し心配になった。

（あんなに大勢を一人で相手して、大丈夫なのかしら）

しかし、開始から十分。その心配は杞憂《きゆう》であることが分かった。

（えっ！　こんなに強いのっ！）

圧倒的とは、正にこのこと。ほとんどの騎士は、相手にすらなっていない。たまに打ち合うこともあるが、大抵の場合は、木刀を飛ばされて終わり。剣に関してど素人のクレアにも、ジルベルトが群を抜いて強いのが分かった。

（かっこいいー！　がんばってー！）

毒の犯人を見つける役など、どこへやら。目を輝かせてジルベルトを応援する。

そして、ついに模擬戦の相手は、にっくきダニエルに。

（がんばれー！　ジルベルト様！　そんな奴、やっつけてー！）

肉球を振り回しながら、心の中で絶叫する。

そして、彼女の期待に応《こた》えるように、ジルベルトが木刀でダニエルの背を容赦なく打ち据えた。

「くっ」

ダニエルが、がっくりと膝をつくのを見て、「やったわ！　やったわ！」と、ぴょんぴょんと跳ねるクレア。

その後も、何度も挑んでくるダニエルを軽くいなすジルベルト。

模擬戦は、クレア大興奮のまま、幕を閉じた。

＊

その後。はしゃぎすぎてぐったりしているクレアを肩に乗せ、ジルベルトは忙しく過ごした。副団長と打ち合わせをし、会議に出席し、合間に書類仕事を片づける。

その無駄の無さと優秀さに、クレアは舌を巻いた。

(オリバー様の百倍は優秀だわ)

しかし、一方で、疑問に思うこともあった。

(どうも人を遠ざけるのよね)

執務室に誰か来ても、最低限の会話だけで、すぐ下がらせてしまう。雑談もしないし、自分から話しかけない。いつもクールで表情を変えず。集団の中にいるのに、まるで一人でいるかのようだ。

唯一表情が緩んだのは、オリバーより二つ下の才女と名高い第三王女ローズが騎士団見学のついでに挨拶に来た時くらいだが、それも。

「ジルベルトお兄様。お久し振りでございます」

「ああ。久し振りだな。最近どうだ」

「相変わらずですわ。鶏が消えて貯めていた卵がなくなりつつありますわ」

「そうか。そろそろか」

とまあ、こんな調子で、兄妹の会話というよりは、まるで謎かけでもしているような報告のみ。ジルベルトが実は人嫌いだと言われても信じてしまいそうだ。

なぜこんなに人を遠ざけるのかしら。と、クレアは首を傾げた。

(実際接してみると、とても優しい人よね)

ジルベルトは、昼食もクレアが好きそうな食事を選んでくれた。執務室には、わざわざ柔らかい布とカゴで、ベッドを作ってくれている。

(たかが部屋によく来るケットシーなのに、ここまでしてくれるのだもの。冷たいように見えるけど、本質的にはすごく優しい人だと思うのよね)

ちなみに、ジルベルトが飲食するたびに体内を調べているが、今のところ毒が混入された形跡はない。ただ単に、クレアが美味しく食堂のご飯を食べて終わっている様相だ。

(もしかして、街で買っている何かに毒が入れられているのかしら)

クレアがそんなことを考えていると、二人のメイドがお茶を運んできた。

ジルベルトが顔を上げた。

「もうそんな時間か。今日の菓子はなんだ」

「アップルパイです」

ジルベルトが、「どうだ?」とでも言うように、ちらりとクレアを見る。

こくこく、と、熱心に頷くクレア。

「このケットシーにも、切り分けてやってくれ」

ジルベルトの言葉に、かしこまりました、と、メイドがアップルパイを切り始める。もう一人のメイドが、ジルベルトが選んだ青いコップに紅茶を注ぐと、パイと合わせて毒見する。

その完璧な毒対策の様子を見ながら、クレアは首をひねった。

(うーん。このタイミングでもなさそうね……)

そしてメイドが出て行って、二人はお菓子を堪能《たんのう》。あとは夕食チェックだけね。と、思っていた矢先に、事件が起きた。

(え、待って、これって、毒?)

念のため、と、ジルベルトの肩に乗って魔力を流したところ、すっぱい味を感じたのだ。

(この感じ、間違いなく毒だわ)

クレアは愕然《がくぜん》とした。アップルパイはクレアも食べたが、毒を感じなかった。

(ということは、まさか紅茶? でも、ちゃんと毒見をしていたわよね?)

——どうやら、一筋縄ではいかないらしい。

幕間 オリバーとキャロル

「それは、どういうことだ？」

時は少し遡って。クレアが王都から消えて、六か月後。

王立学園の生徒会室で、革張りの立派な会長席に偉そうに座ったオリバー第二王子が、眉《まゆ》を顰《ひそ》めた。

「だからですね、年間計画の作り直しが発生したので、早急に対応する必要があるのです」

眼鏡《めがね》をくいっと上げて話す副会長である公爵令嬢。

「殿下もご存じの通り、今年は想定外の事件が二件発生しています。一つは東の国境の魔獣大発生。もう一つは、南方での大規模土砂崩れ。我が王立学園への影響も大きく、見舞金やイベントの延期などが発生しています」

噛《か》んで含めるように説明する副会長に、オリバーがムッとして言い返した。

「そんなことは言われずとも分かっている！」

「では、それを踏まえて年間計画を作り直してください。今あるものは、クレア様が約半年前に作ったもの。想定外を組み入れたものに直していただかなければ、生徒会運営は立ちゆきません」

オリバーは鼻を、ふん、と鳴らした。

「では、命令する。副会長であるお前がやれ」

「お断りします」

副会長が冷たく言い放つと、オリバーは怒りの目を向けた。

「王族の命令だぞ！」

「では、殿下は、先月私に押し付けた会長業務を代わりにやってくれるのですか？」

「そ、それは……。適当にちゃちゃっと済ませれば良いではないか」

「……本気で言ってらっしゃるのですか？」

彼女がギロリとオリバーを睨《にら》む。

いつになく厳しい態度に、彼は狼狽《うろた》えた。

「で、では、他《ほか》の者にやらせろ！」

「他の者、とは、どの者でしょうか？　具体的に言っていただかないと困ります」

「う、うるさい！　と、とにかく、お前が責任を持って全てやれ！　分かったな！」

オリバーが真っ赤になって席を立つ。このまま立ち去って有耶無耶《うやむや》にして、副会長に全てやらせようという魂胆だが、そうは問屋が卸さない。副会長が、冷静な口調で言った。

「いつものように、このまま席をお立ちになって逃げてもよろしいですが、そうすると、我々生徒会メンバーから会長に対する不信任決議案を提出させていただくことになります」

「は？」

「他の者も、自分の仕事に加え、殿下に押し付けられた仕事でいっぱいです。これ以上の仕事は学業に支障が出ます。会長の指揮の下《もと》で生徒会運営を続けることは困難です」

オリバーは顔を歪《ゆが》めた。王妃からは「生徒会長として実力を示せ」と言われている。不信任決議などされたら終わりだ。

勢いを失って再び席に座るオリバーを見て、副会長が口の端を上げた。

「そこまで難しいことではございませんから、どうぞ、ちゃちゃっと適当に済ませてください。クレア様なら三日もあれば十分だとおっしゃるところです」

涼しい顔の副会長を、オリバーが睨みつけた。

「……お前は、私がクレアに劣ると言いたいのか」

「いえ、そうは言っておりませんが、クレア様であれば、私が言い出す前に終わらせていらっしゃるとは思っております」

「……っ」

怒りでわなわなと震えるオリバーを尻目《しりめ》に、口元に冷笑を浮かべながら、優雅にお辞儀をして部屋を出る副会長。

そのドアに向かって、オリバーは力任せに椅子《いす》に置いてあったクッションを投げつけた。

「生意気な！　私を誰《だれ》だと思っているんだっ！」

生徒会の面々は、オリバーに対し、丁寧ではあったが冷たかった。

オリバーと新入生以外のメンバーはほぼ持ち上がり。クレアと苦楽を共にした者たちで、謂《いわ》れのない罪でクレアを断罪したオリバーを敵視していた。

頼みの綱のオリバーの側近たちも、あの件を境にいなくなった。クレアの腕を乱暴に掴《つか》んだ腰巾着《こしぎんちゃく》ダニエルは、辺境伯からの厳しい糾弾を受け、学園を退学。騎士団で一から鍛え直されることになった。宰相の息子も、生徒会を辞めさせられ、オリバーとの接触を禁止された。

「くそっ！　なんでこんなに上手《うま》くいかないんだ！」

机をこぶしで力任せに叩《たた》きながら、オリバーが唸《うな》り声を上げる。ポケットからキャロルが刺繍《ししゅう》したハンカチを取り出すと、溜息《ためいき》をついた。

「ああ、君だけだよ、キャロル」

その声は、誰もいない生徒会室にむなしく響いた。

＊

一方、生徒会室を出た副会長は、溜息をつきながら廊下を歩いていた。

(まさか、ここまで無能とは。クレア様も苦労されていたのですね)

クレアは、頭が良くて行動力がある、非常に優秀な会長だった。

最初は「魔法が使えない貴族などありえない」と馬鹿《ばか》にしていた生徒たちも、その真面目《まじめ》さと優秀さを見て徐々に態度を軟化し、彼女を尊敬するようになった。

また、彼女は周りをよく見ており、いつも生徒会メンバーを気遣ってくれた。

「顔色が悪いわよ。疲れているんじゃない？　今日はもう帰りなさい」

「ここ、すごくいいわ。貴女《あなた》の発想、とても面白いわ」

こうしたちょっとした言葉に、何人の生徒が救われたことか。

副会長もまた、クレアに助けられた一人だった。

「そんなに急に無理しちゃだめよ。頑張りどころっていうのがあるのよ」

「でも、私、自信がなくて……」

「大丈夫よ。ちゃんとできてるわ。焦らないでゆっくりやっていきましょう。貴女はとても優秀よ。心配ないわ」

こうしたクレアの言葉とフォローがあったお陰で、最初自信がなかった彼女も、こうして副会長に選ばれるまで成長できた。だから、クレアの卒業後は、その意志を継いで、学園をより良い場所にしていこうと張り切っていたのだが……。

（まさか、クレア様の後任のオリバー殿下が、ここまでできない人間とは夢にも思いませんでしたね）

薄々おかしいと思ってはいた。王子の割には、迂闊《うかつ》な行動が多すぎる、と。

卒業の三か月ほど前から、クレアが寝る間も惜しんで次年度の生徒会の仕事をしているのも妙なことだとは思ったが、オリバーへの愛情からの行動かと思っていた。オリバーの浮気の噂《うわさ》はあるが、恐らく相手は将来の側妃候補。特に大きな問題になっていないのだろう、と。

そんな矢先に起きた、謝恩パーティでの婚約破棄騒動。クレアは体調を崩し、療養のため、卒業式を待たずに辺境伯領に帰ってしまった。

オリバーはそのまま三年生に進級し、生徒会長を務めることになったのだが……。

（あれが地獄の始まりでしたね）

新生徒会一日目の出来事を思い出し、副会長が溜息をついた。

オリバーは偉そうにこう語った。

「俺は基本的に任せるタイプだ。皆はこの計画書に従って、各自仕事をするように」

この計画書、とは、もちろんクレアが必死に作ったものだが、そんなことは言わず、まるで自分が作ったように発言。その後も、仕事は全て丸投げ。自分の仕事まで他のメンバーにやらせて、その成果を自分のものにする始末だ。

最初はお世話になったクレアの顔を立てようと我慢してきたメンバーたちも、徐々に不満が蓄積し、ついに本日の「これ以上仕事を押し付けるなら、不信任決議案を提出します」という事態になった、という次第だ。

彼女は溜息をついた。

(問題はこれからですね。王子が使い物になるとは思えませんから、今後も仕事がどんどん増えていくことは間違いないでしょうしね……)

今の人員のままでは、確実に生徒会はパンクするが、今更人員の補充は難しい。

(これから、どうするべきなのか……)

——と、その時。

「お久し振りですわね」と、頭を抱える彼女に声を掛ける者がいた。

顔を上げると、そこに立っていたのは、栗色の髪の毛と目をした利発そうな女子生徒。

「これはこれは。ローズ王女殿下」

副会長が慌てて頭を下げると、ローズ王女は、にっこりと笑った。

「学園内で王女はやめてください。しかも私は一年生ですのよ。ローズとお呼びください」

「……では、ローズ様」

「ありがとうございます。それで、どうしたのです？　顔色が悪いですわよ？」

言葉に詰まる副会長に、ローズが合点《がてん》がいったような顔をした。

「もしかして、お兄様……、ですか？」

「……」

「また何かやらかしましたの？」

「……恐れながら」

「悪いようにはしないわ。事情を話してくださる？」

躊躇《ちゅうちょ》はするものの、王族の頼みは断れず、副会長が現状を伝えると、ローズは困ったような顔をした。

「やはりそうなりますわよね……。優秀なのはクレア様で、お兄様はおまけのようなものですもの。こういう場合、ジルベルトお兄様だったらどうするかしら……」

ローズが、考えるように目を伏せる。そして、ポンと手を叩いた。

「では、こうしましょう」

「こう、とは？」

「オリバーお兄様が全然ダメだという噂を流すのです。そうすれば、王妃様が何とかしてくださいますわ。今、ライバルであるジルベルトお兄様が大活躍されていますから、行動は早いと思いますわよ」

副会長は苦笑いした。何とも王族らしい人の動かし方だ。でも、無能でいばるだけのオリバーよりもずっといい。

「分かりました。お任せ致します」

「ええ。お任せください」

天使のように微笑《ほほえ》むローズ。

そして、二人は悪い顔をして笑い合うと、「ごきげんよう」とそれぞれ帰っていった。

＊

「失敗したわ……」

同じ頃《ころ》。王宮にある、ドレスや装飾品が並べられた自室で一人つぶやくのは、マグライア男爵令嬢キャロル。クレアを断罪するオリバーの横にいた、ピンクのふわふわ髪とつぶらな瞳《ひとみ》が特徴の女性だ。

彼女は、王都から遠く離れた地方を治める男爵の娘である。

可愛《かわい》らしい顔立ちの彼女は、皆にチヤホヤされて育った。また、貴族がほとんどいない地域だったこともあり、彼女は子供の頃から絶大な権力を持っていた。学校では、生徒たちは皆、競うようにキャロルの機嫌を取った。彼女が一言「あの子嫌い」と言えば、皆、その子を無視し、「気持ち悪い」と言えば、皆「お前気持ち悪いぞ」と馬鹿にする。成績も良く、常に先生に褒められる優等生でもあった。

何もかもが思い通りの生活に、彼女は思うようになった。私は選ばれた人間なんだわ、と。

しかし、十五歳になり、キャロルの人生は上手くいかなくなった。王都にある王立学園に進学したからだ。王立学園の中で、地方男爵の地位は最下層で、相手にすらされなかった。男子生徒も、キャロルの外見で近寄ってきても、地方男爵の娘と分かると離れていく。成績も上位ではあったが、一位には遠く及ばない。

キャロルは、心の中で地団駄《じだんだ》を踏んだ。こんなはずじゃない。私は選ばれた人間なのに、と。

そんな時、転機が訪れた。オリバー第二王子が、キャロルに一目惚《ぼ》れして、言い寄ってきたのだ。

彼と話すようになって、周囲の態度が変わり始めた。馬鹿にしたような態度を取っていた生徒たちが、にこにこ笑いかけ、お世辞を言ってくるようになった。

そして、キャロルがオリバーの側妃候補だという噂が流れ始め、この状況が加速。ついに、彼女は自分の派閥を持つまでになった。

仲良しの令嬢たちと、気の弱い令嬢に嫌がらせをしたり、自分を見下した令嬢を無視したり。思い描いていた学園生活が送れるようになり、満足感を覚えるキャロル。やはり自分は選ばれた人間なのだわ、と、確信する。

しかし、彼女はすぐに別の不満を持ち始めた。原因は、クレア辺境伯令嬢。オリバーの婚約者であるクレアは、ことあるごとにキャロルに注意してきた。

「制服をそのように着崩すのはおやめなさい」

「特定の令嬢を集団で無視するなど、褒められた行為ではありませんよ」

キャロルは、苛立《いらだ》った。生まれが良いだけの、痩せて顔色の悪い地味な女。婚約者に女とも見られていない彼女が、選ばれた存在である自分に対して意見してくるなど、許せない。

「何とかして、吠《ほ》え面《づら》をかかせてやりたい」

だから、オリバーがクレアを捨てるように誘導した。

妃教育は気になったが、自分は成績も良い。魔法も使えない彼女にできるなら、問題ないだろう。

「あの女を追い出して、私が頂点に立ってやる」

断罪の場所を、謝恩パーティに誘導したのもキャロルだ。

彼女はとても楽しみにしていた。クレアが大勢の前で醜態をさらし、泣き崩れることを。

しかし、クレアは冷静だった。理路整然とした話で生徒たちを全員味方につけ、最後は倒れて行方不明に。お陰で、キャロルは派閥以外の生徒から白い目で見られるようになってしまった。

「最後の最後にやられたわ」

一番の誤算は、妃教育だ。厳しい教師に難癖をつけ、何とか甘い教師に替えさせたが、それでも覚える内容は膨大だ。

しかも、オリバーが何かにつけて自分の仕事をやらせようとしてくる。反感を持たれない程度には引き受けているが、面倒なことこの上ない。以前はどうやっていたのだと聞くと、クレアが全部やっていたという回答が返ってきた。

失敗した、と、キャロルは思った。そんなに便利な女なら、追い出さずに適当に飼い殺しておけば良かった、と。

「――それに、私、運命の人と出会っちゃったのよね……」

数日前、遠征から帰ってきた騎士団のパレードを見たキャロルは、一人の男性に目を奪われた。黒髪に紫の瞳、端正な顔立ちに、漂う色気。聞けば、第一王子のジルベルトだという。

（！　なんて素敵な人なの！）

キャロルは思った。間違いない。彼も私と同じで選ばれた人間だ、と。

「彼も、きっとそう思ったに違いないわ」

パレードの最中、ジルベルトと目が合った。きっと、私と同じで、運命の人を見つけたと思ったんだわ、と、うっとりする。

家庭教師の口ぶりからすると、次期国王はオリバー。

ジルベルトと結婚すると王兄の妻にはなるが、権力もあるし、王妃よりずっと気楽だ。

幸いなことに、王妃が必死にクレアを探しているらしい。似た人間を王都で見たという情報もあるらしく、オリバー曰《いわ》く、見つかるのは時間の問題らしい。

「見つかった時に、彼女に言えば良いわ。『貴女が正妃に相応《ふさわ》しいです』って」

貴族としての責任感が強く、お人好しの彼女のことだ。きっと正妃になってくれるだろう。その隙《すき》に、泣く泣く身を引いたフリをして、ジルベルトと結ばれればいい。

薔薇《ばら》色の未来を想像して、キャロルは可愛らしく微笑んだ。

「ふふ。楽しみ。早く見つかってね、クレア様」

第四章 毒と呪い

ジルベルトと二回ほど行動を共にして、クレアは一つの結論を出した。

「毒が入れられているのは、間違いなくお茶の時間。カップの全てに毒が付いていて、毒見のメイドを毎日替えることで、毒の存在を誤魔化している」

全てのティーカップに毒が塗られていれば、ジルベルトが、どのカップを選んでも毒が混入することになる。つまり、毒見のメイドも毒を飲んでいることになるが……。

(うまいこと考えたわね)

ポイントは、この毒が蓄積型であるということ。

三日に一回程度の摂取であれば無害。メイドも毒を飲んでいるが、メイド三人を交代で毒見させれば、毒は作用しない。作用するのは、毎日飲んでいるジルベルトだけである。

(これは、思った以上に厄介《やっかい》だわ……)

実行犯を見つければ解決の糸口が見えると思っていたが、どうやらその考えは間違いだったらしい。

この方法であれば、どんな人間でも簡単に実行犯に仕立て上げることができる。慎重に対応して、真犯人を見つけないと、メイドがいなくなったら、次は食堂が狙《ねら》われるなど、周囲の人間がどんどん巻き込まれていくことになるだろう。

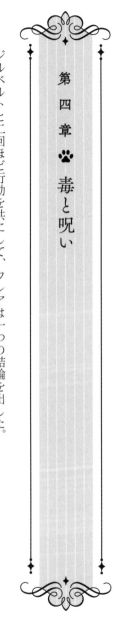

（さて、どうしよう）

夜。ジルベルトが寝入った後。すっかり定位置になったソファの上で丸くなりながら、クレアは思案にくれた。

（一番確実なのは、ジルベルト様自身に知らせることよね）

ここ一か月見ている限り、彼はとても優秀だ。カップに毒が塗られているという事実さえ分かれば、きっと適切に処理をするだろう。

（でも、問題は、どうやってジルベルト様にそれを伝えるかだわ）

ケットシーの姿でしゃべっても良いが、「お前誰《だれ》だ」という話になる。

名前と事情を明かそうかとも考えるが、部屋に忍び込んだり、餌付けされたり、これまでの言動を考えると、とても「私クレアです」なんて言えない。

かといって、匿名の手紙を書いても、信じてもらえない気がする。

（何か決定的な証拠があれば良いのだけれど……）

ふかふかの布地の中にもぐりこみながら、悩むクレア。そして、だんだん眠くなり……

「……ハッ」

気がつくと、部屋の中が明るくなっていた！

（あ、朝!?　し、しまったわ！　寝過ごしたわ！）

慌てて飛び起きる。夜帰ろうと思っていたのに、あまりに心地よくて朝まで寝てしまったようだ。

（な、なんだか、すごく恥ずかしいわ！）

先に起きていたらしいジルベルトが、バスルームから出てきて、クレアに声をかけた。

「おはよう。よく眠れたか？」

クレアはバツが悪そうに目を逸《そ》らす。

その悪いことをして見つかった猫のような態度に、ジルベルトがおかしそうに軽く口の端を緩める。

テーブルの上に置いてある皿の上にパンとマフィンを出すと、クレアを手招きした。

「おいで。朝食にしよう」

パンとマフィンに釣られ、クレアはテーブルの上に飛び乗った。きちんとお座りをすると、マフィンを切り分けてくれているジルベルトをながめる。いつもの騎士服ではなく、ラフな普段着を着ている。

（今日はお休みかしら。休みなら、毒の混入もないだろうから、帰っても大丈夫よね）

そんなことを考えながら、切り分けられたマフィンを、美味《おい》しくもぐもぐ食べる。

そして、十分後。クレアがマフィンを食べ終わると、お茶を飲んでいたジルベルトが立ち上がった。

「今日は、これから外出しようと思うのだが、一緒に行くか？」

（あら、外出するのね。どこに行くのかしら）

邪魔をしてはいけないと思いつつも、好奇心が勝ち、こくりと首を縦に振る。

ジルベルトは上着を着ると、クレアをひょいと肩に乗せて、部屋を出た。階段を下りて、入り口に立っている兵士に、「出かけてくる」と、声をかけると、塔の前に停まっていた黒塗りの立派な馬車に乗り込む。

「出してくれ」

「かしこまりました」

馬車が静かに走り出すと、ジルベルトが腕を窓の縁にかけて、その上にクレアを乗せた。

「外が見えるぞ」

どうやら、彼女が暇をしないように外を見せてくれるらしい。

本当に優しいわね。と思いながら、ジルベルトの腕に乗って窓の外をながめる。

（ふうん。王都を離れるのね。どこに行くのかしら）

王都を出た馬車は、森と反対方向にある広大な田園地帯を進んでいく。のどかな風景と暖かな陽の光に、眠くなるクレア。

そして、さざ波のように揺れる金色の麦畑の間を進むこと数刻。

「着いたぞ」

頬《ほお》をつつかれて目を開けると、そこは立派な屋敷の前だった。

（ここはどこかしら）

目をぱちくりさせるクレアを肩に乗せて、ジルベルトが馬車から降りる。

玄関先には、使用人らしき数名が並んで立っていた。

「ようこそお越しくださいました。ジルベルト様」

執事らしき初老の男性が丁寧に頭を下げる。

案内されて屋敷の中に入ると、入ってすぐの立派なエントランスに、白衣らしき服をヨレっと着た眼鏡《めがね》の男性が立っていた。

男性は、ニヤッと笑うと、丁寧にお辞儀をした。

「お久し振りでございます、ジルベルト様。ご機嫌いかがですか」

「ああ。久し振りだな、フィリップ。……それと、そのわざとらしい敬語はやめにしないか。鳥肌が立ってくる」

「それはいけませんね。では、改めさせていただきます」

二人がくだけた様子で話し始める。

クレアは、フィリップと呼ばれた人物の顔をまじまじと見た。ちょっとくるくるした栗色の髪に、陽気そうな茶色の瞳《ひとみ》。眼鏡をかけているせいもあり、とても頭が良さそうに見える。

(この人、どこかで会ったことがある気がするわ)

クレアに気づいたフィリップが尋ねた。

「ところで、肩にいるものは何だい？　従魔を飼い始めたのかい？」

「いや、俺《おれ》のじゃない。よく部屋に来るケットシーだ。恐らく、俺の部屋に前に住んでいた研究員のものじゃないかと思って、何となく世話をしている」

「相変わらず動物が好きだな。メアリー様の従魔も、ほとんど貴方《あなた》が世話をしていたものな」

そんな話をしながら、階段を上がって二階の廊下を歩く二人。

クレアは、はたと思い出した。

(そうだ。この人、たまに学園に臨時講師として来ている人だわ。確か、伯爵家の三男で、医学の研

究で何回も表彰されているとかいう）

会話の内容やくだけた態度から察するに、二人は幼馴染《おさななじみ》かかなり親しい友人。ジルベルトは友人の彼に会いに伯爵家に来たということだろうか。

クレアがそんなことを考えている間に、立派なドアの前に到着する。

フィリップが、軽くノックをして慎重にドアを開けると、ドアのすき間から立派な部屋とベッドが見える。

何げなくそのベッドの上を見て、クレアは毛を逆立てた。

（え！）

それは、ベッドの上に寝かされている、真っ白な顔の女性であった。整った顔は見るのも辛《つら》いほど痩せこけ、レースの可愛《かわい》らしい寝巻《ねまき》から出ている腕は、枯れ木のように細い。ようやく生きている、といった風情《ふぜい》だ。

その異様な様子にクレアが絶句していると、ジルベルトが痛ましそうにつぶやいた。

「……また、痩せたな」

「ああ。最近は、一日一時間程度しか目を覚ましていられないんだ。その間に、何とか栄養のあるものを食べさせようとするのだが、本人があまり食べたがらなくてね。野菜と果物のジュースを飲むのがやっとなんだ」

フィリップが辛そうに顔を歪《ゆが》める。

ジルベルトは枕元の椅子《いす》に座ると、両手で女性の痩せた手を握った。

「コンスタンス、俺だ、ジルベルトだ。見舞いに来たぞ」

ただ目を閉じて眠り続ける女性――コンスタンス。

ジルベルトは顔を横に向けると、傍《かたわら》に立っているフィリップに尋ねた。

「病の原因の調査はどうだ？」

「これまでとは別の方法で調べてみたが、さっぱりだ」

フィリップは悔しそうに答えると、目を伏せた。

「すまないな。ジルベルト。せっかく信頼して紹介してもらったのに、この二年間、私は主治医としても医学を研究する者としても、ほとんど何もできていない」

ジルベルトが立ち上がってフィリップの肩を叩いた。

「俺は、お前のお陰で彼女がこうして今も生きていられるのだと思っている。侯爵から聞いているぞ。お前がどれだけ彼女のために尽くしてくれているのかを」

クレアはジルベルトの肩から飛び降りた。

二人の会話を聞く限り、この女性はジルベルトの友人なのだろう。何とか治療したいが上手《うま》くいっていない、というところなのかもしれない。

（もしかすると、師匠に習った方法で病気が特定できるかもしれないわ）

そっと彼女の腕に触れ、静かに魔力を流すクレア。そして、

（えっ！）

思わず叫びそうになって、慌てて両前足で口元を押さえた。

何かの間違いじゃないかと、再度腕に触れて魔力を流す。感じるのは焦げたような苦い味。

彼女の脳裏にラームの言葉が浮かんだ。

『相手の体を調べる時は、直接触って魔力を流すんだ。すっぱい味がしたら毒。苦い味がしたら闇属性の呪いさ』

(まさかそんな)

再び慎重に魔力を流すクレア。そして、それが間違いではないと分かり、彼女は心の中で呆然《ぼうぜん》とつぶやいた。

(……これは師匠の言っていた闇属性の呪いだわ)

とてつもなく嫌な予感が、クレアを襲った。脳裏に浮かぶのは、赤毛のラーム。

(まさか、師匠が？　……でも、ずっと森でひっそりと暮らしている師匠に、この人を呪う理由があるとは思えない。それに、闇属性の魔女は他《ほか》にもいるはず)

きっと、師匠ではない別の魔女だろう、と、結論付ける。

——その時。窓の外から馬の嘶《いなな》く声と、馬車の停まる音が聞こえてきた。

フィリップが顔を上げた。

「侯爵様がお帰りのようだ」

ジルベルトは、ひょいとクレアを持ち上げて肩に乗せると、立ち上がった。

「少し話をしてくる」

＊

フィリップと別れたジルベルトが案内された部屋は、太陽の光が暖かく注ぐ応接室だった。

待っていたのは、穏やかに笑う紳士――この館の主《あるじ》であるスタリア侯爵、その人。

彼はジルベルトに椅子を勧めると、その正面に座った。

「最近、いかがお過ごしですかな。東の国境では活躍されたそうですな」

「話が大げさになっているだけで、実際はそこまででもなかった」

「いやいや。ご謙遜を。陛下が今度こそ勲章を授与すると息巻いていると聞きましたぞ」

「ああ。実のところ、断るのに苦慮している」

最近の出来事を話し始める二人。

クレアは、じっと侯爵の顔を見た。

(あの女の子に、よく似てる。父親かしら)

顔や体つきを見ると、せいぜい中年に差し掛かったくらいなのだが、白髪がとても多く、心労が見て取れる。

娘の状態に心を痛めていることが伝わってきて、クレアの目が潤む。

そして、話が一段落すると、侯爵が穏やかに尋ねた。

「娘にお会いになられましたかな」

「……はい」

侯爵が、静かに微笑《ほほえ》んだ。

「以前は、ぼんやりしているだけながらも、一日三時間ほどは起きていられたのですが、今は一時間ほどしか起きれなくなってしまったようです。しかも、食事もほんの少し。……そろそろ、私も妻も、覚悟した方が良いのかもしれません」

「……」

ジルベルトが唇《くちびる》を軽く噛《か》んで目を伏せる。

侯爵は柔らかく微笑んだ。

「貴方は本当に娘に良くしてくださいました。フィリップ様を紹介していただかなかったら、コンスタンスの命はもうとうに尽きていたことでしょう。あの方は、毎日のように訪れては、本当に親身になって娘に寄り添ってくださいました」

侯爵は、一旦言葉を切って目を細めると、ゆっくりと口を開いた。

「……ですから、ジルベルト様。貴方は、もう自由になってください」

「……」

何も言わず、俯《うつむ》いたまま、手元を見つめるジルベルト。

侯爵は穏やかな視線で窓の外を見た。

「七年前のあれは、運の悪い事故だったのです。メアリー様も娘も運がなかった。それだけのことです。それに、コンスタンスはまだ婚約者候補の一人でした。貴方がいつまでも義理立てする必要はないのですよ」

ジルベルトの肩の上で、クレアは小さく溜息《ためいき》をついた。

（……なるほど。ようやく理解できたわ。コンスタンスさんは、例の事件に巻き込まれた令嬢だったのね）

七年前。クレアがまだ辺境伯領にいた頃《ころ》、王都で大事件が起きた。側妃であり、ジルベルトの母親でもあるメアリーと、幼い令嬢を乗せた馬車が崖から転落したのだ。メアリーは体を強く打って死亡。一緒にいた令嬢は一命を取り留めたものの、寝たきりになってしまったと記憶している。

恐らく、その幼い令嬢がコンスタンスなのだろう。

（コンスタンスさんはジルベルト様の婚約者候補だったのね……。きっと、ジルベルト様は彼女のことがずっと好きなんだわ）

不思議だったのだ。『女好きの好色殿下』などという噂《うわさ》を、ジルベルトがなぜ放《ほう》っておいているのか、と。彼女のことを大切に想い続けていて、他の婚約者を決められたくないから、放っておいたと考えれば辻褄《つじつま》が合う。

クレアは冷水を浴びせられたような気分になった。

（……そう。ジルベルト様には想い人がいたのね）

続いて襲ってきた、思わず顔をしかめるほどの胸の痛み。

クレアはようやく気がついた。私はジルベルト様に恋をしていたのね、と。

＊

侯爵家に行った二日後。今にも小雨が降りだしそうな、薄曇りの午後。

クレアは、薄暗いラームの家の作業場の鍋の前にボーっと立っていた。脳裏に浮かぶのは、コンスタンスの青白い顔と、ジルベルトの苦しそうな顔。

(まさか、ジルベルト様に七年来の想い人がいたなんて、ね……)

そして思った。まさか、自分があれほど嫌っていたジルベルトを好きになるなんて、と。

(だって、仕方ないじゃない。好色殿下なんて呼ばれていた人が、あんなに優しくて誠実な人だなんて夢にも思わなかったんだもの)

迷い込んだ小さなケットシーに優しくお菓子をくれ、専用のお皿や寝る場所まで与えてくれた。馬車の中では、ケットシーの自分を気遣い、暇しないようにと外を見せてくれた。

(こんなのされたら、好きにならないハズがないわよ。悪いのは彼だわ)

ケットシーに姿を変えて通っていた自分のことを棚に上げて、理不尽にジルベルトを責める。

――と、その時。

カツ、カツ、カツ
玄関のドアをノックする音が聞こえてきた。

(ノアだわ)

爪《つめ》を使ってドアを叩く独特の音に、クレアは気持ちを切り替えるように立ち上がった。作業場を出て玄関を開けると、そこにはメイド姿のノアが立っていた。

「いらっしゃい。薬を取りに来てくれたのね」

「ん」

こくりと頷《うなず》くノアを、家の中に招き入れながら、クレアが尋ねた。

「ジュレミさんはまだ帰らないの？」

「ん。あと数日かかるって連絡があった」

作業場に到着すると、クレアが積んでおいた箱を見せた。

「これね。注文通り、回復薬と毒消しがメインになってるわ」

「ん。助かる」

耳をぴこぴこ動かしながら、熱心に箱の中身をチェックすると、ノアが満足そうに頷いた。

「ん。ばっちり」

そして、クレアの方を振り向くと、首を傾《かし》げた。

「クレア、今日、なんか静か」

「そ、そう？」

「ん。なんかボーっとしてる。ちょっと悲しそう」

「……」

ノアの意外な鋭さに、思わず目を泳がせるクレア。

その様子を見て、考えるように黙った後、ノアが思いついたように、ポンと手を叩いた。

「クレア。運ぶの手伝って」

「え？」

「箱、多いから、一個持って」

あれよあれよという間に、クレアに箱を一つ持たせるノア。自らも三つ重ねた箱を抱えると、転移小屋に向かおうとする。

クレアは慌てた。

「ちょっと待って。私、店に行ってもいいの？」

「ん。問題ない。自由に来ていいって師匠も言ってた」

「それはそうだけど……」

クレアは躊躇《ちゅうちょ》した。行きたいとは思う。でも、どう考えても今は営業時間内。自分が行ったら邪魔になるのではないだろうか。

「……お仕事の邪魔にならないかしら？」

「ん。邪魔じゃない。手伝ってくれたら助かる」

ノアがパタパタとしっぽを振る。

その可愛さに釣られて、クレアは頷いた。

「分かったわ。じゃあ、家に鍵《かぎ》をかけるから待っていて」

＊

転移小屋の魔法陣に魔力を流した数秒後。

クレアは、広い作業部屋のような場所に立っていた。白い壁の二面には複数の転移魔法陣が描かれ、残り二面には魔道具が並べられた大きな棚が設置されている。部屋の中央には巨大な作業台があり、あまりお目にかかれないような珍しい道具が置かれている。

「着いた。こっち」

箱を片手で抱えたノアが外に出ると、そこは木が一本植えられた、そこそこの大きさの中庭。

ノアはポケットから鍵を取り出すと、店の裏口に通じるドア開けた。

「どうぞ。入って」

ノアって本当に力持ちね。と、感心しながらクレアも彼女の後に続く。入った先は店舗の裏側で、薬瓶や魔道具が並んだ木棚が本屋のように並んでいる。

クレアが尋ねた。

「荷物、どうしたらいい？」

「ん。そこの台の上に置いて、同じ種類の薬瓶のところに並べてくれるとうれしい」

言われた通り台の上に箱を置くと、クレアは中から薬瓶を取り出して、棚に並べ始めた。

「結構なくなっているのね」

「ん。この時期はすぐ売れる」

踏み台の上に乗ったノアが、同じように瓶を棚に並べながら答える。

——と、その時。

リンリン、という軽やかなベルの音と共に、人が入ってくる音が聞こえてきた。

「ん。お客様。ちょっと待ってて」

踏み台から身軽に飛び降りると、店につながる引き戸を開けて、「いらっしゃい」と出ていくノア。

クレアが戸のすき間から店の様子を覗《のぞ》くと、そこには立派な服を着た髭《ひげ》の老紳士と文官のような雰囲気の青年従者の二人組が立っていた。

老紳士はノアを見るとにっこり微笑んだ。

「ノアちゃん。久し振りだね。元気だったかい？」

「ん。ありがとう。元気。今日はどうしたの？」

「毒消し薬を二ダースほど買いたくてね。家の者が近々討伐に行くんだ」

「ん。ちょっと待ってて」

店員と客の会話というよりは、祖父と孫みたいな会話だわ。と、内心おかしく思うクレア。

ノアは、店内の棚にある毒消し薬を箱に詰めると、従者に渡した。

「これ。二ダースある」

「確かに。ありがとうございます」

従者がにこやかにお礼を言う。かなり重いはずの箱を軽々と片手で抱えているところを見ると、ただの文官ではないのかもしれない。

（あの老紳士も、にこにこ笑ってるけど、相当高位な貴族ね）

相変わらず不思議なお客様が多いわね。と思いながら、クレアは扉から離れると、音を立てないように薬瓶の片づけを再開する。

そして、しばらくして。ドアが閉まる音がして、ノアが戻ってきた。

「お待たせ」

「ううん。もう大丈夫なの？」

ノアはこくりと頷くと、右手に持っていた紙袋を持ち上げた。

「お菓子もらった。良いにおい。一緒に食べよ」

＊

薬瓶の片づけが終わった後。

クレアはノアに連れられて二階にある居間に足を踏み入れた。

（いつ来ても素敵だわ！）

花柄の壁紙に白いソファ、ぬくもりを感じさせるアンティーク調の家具。所々に季節の花が飾られ、目を楽しませてくれる。

「お茶を淹《い》れるわ。台所を借りるわね」

「ん。お願い」

居間の隣にある清潔な台所に入り、紺色の真鍮《しんちゅう》のやかんでお湯を沸かしながら、葡萄《ぶどう》が描かれた可愛らしいティーカップを棚から出す。

そして、淹れたお茶をお盆に並べて居間に戻ると、ノアが袋からお菓子をお皿の上に出していた。

「まあ、なんて美味しそうなのかしら！」

「ん。においもすごくいい。食べよ」

丸テーブルに向かい合って座る二人。老紳士にもらった焦がしバターの香りが香ばしいフィナンシェを頬張りながら、クレアの淹れたお茶を楽しむ。

そして、一息ついた後。ノアが、フィナンシェの端のカリカリを食べながら、耳をぴこぴこ動かした。

「クレア、やっぱり元気ない」

「そう？　いつもと同じだと思うけど」

「ん。元気のなさそうな、においがする」

クレアは苦笑した。においにまで元気のなさが出ているだなんて、相当重症だ。そして思った。もしかして、ここに連れて来てくれたのは、落ち込んだ私を気分転換させてくれるためじゃないかしら、と。

(ふふ。優しいわね)

感謝の目で見るクレアにノアが真面目《まじめ》な顔で言った。

「悩みなら聞く」

「相談にのってくれるの？」

「ん。まかせて」

しっぽがゆらゆらと揺れているのは、真剣な証拠だ。

クレアは微笑むと、そうねえ、と、ティーカップに目を落とした。

「……もしも、ノアが好きになった人に、別の好きな人がいたらどうする？」

数日前に気がついてしまった、ジルベルトへの恋心と、コンスタンスの存在。

この恋が実るはずがないのは、クレアも分かっている。魔女と王族なんて、最も縁がない二人だと思う。

（……でも、私のこの気持ちは、どうしたらいいの？）

ジルベルトの存在が大きくなりすぎて、彼女は、「どう自分の心の整理をすればよいのか」が、分からなくなっていた。

もともとクレアはジルベルトのことが嫌いだった。『好色殿下』などと呼ばれる、とんでもない男だと思っていたからだ。

（でも、実際は、とても誠実な優しい人で……）

真面目で責任感もあり、驚くほど優秀。おまけに外見も良いのだから、普通に考えて好きにならないはずがない。

（失敗したわ。近づきすぎた）

お菓子に釣られすぎた、と、溜息をつく。

一方、ノアは、クレアの質問に、ふむ、と考え込んでいた。真面目に考えているらしく、しっぽがゆらゆらと揺れている。

そして、彼女は、決めた、という顔をすると、しっぽをパタパタさせながら口を開いた。

「戦う」

「え？　戦う？」

「好きな相手なら、戦って奪い取る。これ当たり前。――でも」

「でも？」

「もしも、その相手が幸せそうなら、身を引く」

「……そうなの？」

「ん。幸せになってほしいから、仕方ないけど、引く」

シンプルなノアの言葉に、クレアは目の前が明るくなったような気持ちになった。そうだ、その通りだ。何も難しく考える必要はない。好きな人に幸せになってほしい。ただ、それだけだ。

彼女は、手を伸ばしてノアの頭を撫でた。

「そうよね。その通りだわ。せっかく好きになった相手だもの。幸せになってほしいわよね」

「ん」

気持ちよさそうに頷くノア。

ノアのサラサラの髪の毛を撫でながら、クレアは思った。

(彼の幸せを願うなら、選択肢は一つだわ)

「ありがとうね。ノア。無事解決できそうよ」

「ん。良かった」

「これからも悩んだら、話を聞いてくれる?」

ノアは、嬉《うれ》しそうに耳をぴこぴこ動かしながら、「ん」と、小さく頷いた。

＊

翌日。天井が抜けたような空に太陽がまぶしい、秋の午後。

ケットシーに姿を変えたクレアは、誰もいないジルベルトの部屋を訪れた。

従魔専用出入口から入り、床に置かれたマットで丁寧に足を拭く。入念に誰もいないことと、ドアの鍵がきちんとかかっていることを確認すると、クレアは小さくつぶやいた。

「〈変身解除〉」

黒い魔力に包まれて、ケットシーから人間の姿に戻ると、彼女は部屋を見回して、クスリと笑った。

(ふふ。この姿になると、何もかもが小さく見えるわね)

そして、スカートのポケットから小さな封筒を取り出すと、ドアの下のすき間近くにそっと置いた。

(これで、誰かがドアのすき間から手紙を入れたと思うはずだわ)

手紙の中身は、クレアが徹夜で書いたもの。

「親愛なるジルベルト様
わたくし、不思議な夢を見ましたの。

毎日違うメイドが、甘い香りのする青色のティーカップでお茶を勧めてくる夢ですわ。

夢の中では、体がどんどん弱っていって、最後は起きることもできなくなってしまいますの。

本当に嫌な夢でしたわ。

最近眠りが浅いせいで、おかしな夢を見たのかもしれません。

眠れるように魔女に魔法をかけてもらおうかしら。

でも、魔女に魔法をかけられると、一日一時間しか起きていられなくなるらしいですし、その魔法を解くには、魔女の秘薬が必要とのこと。

残念ですが、諦めることにしますわ。

最近寒くなってまいりました。

どうぞご自愛くださいませ。　貴方を想っている女より」


誰かに見られることを考慮して、直接的な表現をできるだけ避けている。分かりにくいかとも思うが、ジルベルトの優秀さであれば、きっと大丈夫だろう。

「これで、私の仕事も終わりね」

クレアが小さくつぶやく。

王宮内の宝物庫には、魔女が作った解呪の薬があると聞いたことがある。ジルベルトであれば、手に入れることが可能だろう。それを使えば、恐らくコンスタンスは目を覚ます。

クレアは、ふう、と、息を吐いた。もうジルベルトに会わないことを考えると胸が張り裂けそうだが、これがきっと最善だ。

「〈身体変化〉」

再びケットシーの姿になるクレア。いつもジルベルトが座っているソファに向かって、「ありがとう、さようなら」と、つぶやくと、静かに窓から出て行った。

――この時の彼女は知らなかった。手紙のせいで、割と大きな事件が起きてしまうことを。

＊

ジルベルトの部屋でお別れを告げた、十日後。

ラームの家の雑然とした作業場で、クレアは椅子に座って、ボーっと、窓の外の曇り空をながめていた。

「はあ。なんか、気が抜けちゃったわ……」

思えば、ここ一か月半ほど、三日に一回はジルベルトの部屋に通っていた。その時間を捻出するために、製薬も計画的に行っていたし、食事も街でするなど、メリハリのある生活を送っていた。

しかし、行かないとなると、森の奥にずっと一人。どうしても生活はダラけるし、独《ひと》り言《ごと》も増える。

「通うのは少し大変だったけど、楽しかったわ。ジルベルト様、いつも優しかったし」

そして、気づけば、考えているのはジルベルトのことばかり。

クレアは溜息をついた。

「私って、本当に男運がないわね。婚約者がアレで、初めて好きになった人がこの国の第一王子なんだから。しかも、私自身は魔女だし」

王族と魔女など関わりがあることすら許されない、一番ありえない組み合わせだ。好きになったら間違いなく失恋する相手。

「……でも、良いこともあったわよね」

ジルベルトのお陰で、家族以外にも信用できる男性がいると分かったし、自分が男性を好きになれるということも分かった。

「何事も悪いことばかりじゃないわよね。……だから、前を向かなくちゃ」

クレアは椅子から立ち上がりながら考えた。熱心に製薬しているお陰で、かなりお金が貯まってきている。余裕ができたら、旅に出よう。本で読んだ街や村に行って、美味しいものを満喫しよう。そうすれば、きっと忘れられる。

「さあ、がんばるわよ！」

ワンピースの袖をまくり直して、鍋に向かう。さあ、じゃんじゃん作るわよ。と火を入れようとした、その時。

カツ、カツ、カツ
玄関のドアをノックする音が聞こえてきた。

「ふふ、また来てくれたのね」

爪を使ってドアを叩くノア特有の音に、小走りで作業場を出ると、彼女は満面の笑みでドアを開けた。

「いらっしゃい、ノア」

そして、ピシリと固まった。

「なっ！　なっ！　なっ！」

玄関先に立っていたのは、黒いメイド服に身を包んだノア。

そして、その後ろには、目を見開いて立っている長身のジルベルト。

「え、ええええ!!」

クレアの令嬢らしからぬ声が、森に響いた。

＊

「これ、良かったらお飲みください。毒味は私がいたします」

「ああ。ありがとう」

庭の端に植えられた大きな木の下にある東屋《あずまや》で、クレアはジルベルトと向かい合って座っていた。

(……一体、何が起きているのかしら)

未《いま》だに状況を理解できない。冷静なすまし顔をしているが、頭の中はパニック状態だ。

ノアによると、今日突然、ジルベルトが隣国の王子の紹介状を持って店に現れたらしい。

「呪いと解毒の薬が欲しい。って言われた」

しかし、呪いの薬など聞いたことがないノアには、何を売ったら良いか判断がつかなかった。ジュレミに聞けば分かるだろうが、帰ってくるのは数日後だ。

さあ、どうしよう。と、途方に暮れている時。ジルベルトが、クレアのにおいがする手紙を持っていることに気がついたという。

「クレアの字だったから、知り合いだと思った。クレアだったらきっと解毒薬を作れると思った。あと、連れてきた方が、クレアが喜ぶ気がした」

――とまあ、そんな訳で、ノアは転移魔法陣を使ってジルベルトをラームの家に連れてきた、ということらしい。

連れてきて満足したのか、早々に店に戻っていくノア。

残されたクレアは、驚くジルベルトを庭の東屋に案内して、とりあえず脱獄を助けてもらったお礼を言った後、お茶を淹れてもてなすことにした。というわけだ。

冷静な顔でお茶を淹れながら、クレアは思った。

(今日が暖かい日で良かった。家の中なんてとてもじゃないけど見せられない)

ラームが旅に出てから初めて、「家を片づけなければ」と、本気で考える。今までは、心のどこかで、「散らかっていても死にはしない」と思っている節があったが、さすがにこの状況は想定していなかった。

木のテーブルに向かい合わせに座り、黙ってお茶を飲む二人。

クレアは改めてジルベルトを見た。

今日はお忍びなのか、いつもの黒い騎士服姿ではなく、紺色のジャケットに白いシャツというラフな格好をしている。騎士服も似合うが、この格好も実に似合う。

思わず見とれそうになり、クレアは気を引き締めた。

(ダメよ。今の私はケットシーじゃないのよ!)

そして思った。一体、何を言われるのだろう、と。

クレアが冷や冷やしながら黙っていると、ジルベルトがおもむろに口を開いた。

「クレアは、ここに住んでいたんだな」

「ええ。実は私、……魔女、だったんです」

「そのようだな。だから魔法がなかなかうまく使えなかったんだな。――ああ、一応言っておくが、俺は魔女に対して悪いイメージを持っていない」

そうですか。と、胸を撫でおろすクレア。彼が偏見を持っていないことに安堵《あんど》を覚える。

ジルベルトは、ティーカップを置くと、ポケットから例の手紙を取り出した。

「これは、クレアが書いたもの、と考えても良いか」

「……はい。私が書いたものです」

「ここに書いてあることが、どうして分かったのか、聞いてもいいか」

クレアは息を吸い込んだ。聞かれると思って、ちゃんと理由を考えておいた。

「毒に関しては、ジルベルト様を街で見かけた時に気がつきました。呪いは、魔女になってから思い当たりました。例の事件で昏睡状態になってしまったという女の子の症状は、もしかして呪いなんじゃないかと」

「〝青いティーカップ〟、〝一日一時間しか目を覚まさない〟、については？」

「青いティーカップについては、調べさせてもらいました。一日一時間は、呪いの典型的な症状です」

ジルベルトが、なるほど、と黙り込む。

多分納得はしていないだろうが、それ以上は突っ込むつもりがなさそうな様子に、ホッとするクレア。

ジルベルトが深々と頭を下げた。

「まずはお礼を言わせてくれ。クレアの書いてくれた通り、毒も呪いも真実だった」

あの手紙を読んだジルベルトは、信用できる者に、メイドたちの様子を探らせたらしい。

「騎士団施設には、二十人のメイドがいるのだが、そのうち半数近くが黒だった。手紙に書いてあった通り、俺専用の青いティーカップ全てに毎回毒を塗っていた」

「そのメイドたちは今どうなっているのですか？」

「後ろの黒幕がはっきりしなかったので、泳がせている。もちろん、お茶と菓子については廃棄している」

クレアは胸を撫でおろした。さすがはジルベルト。適切な判断だ。

「呪いについては、専属の医師に尋ねた。その医師も、呪いの可能性を感じたらしい」

呪いの可能性が感じられるなんて、フィリップはかなり優秀ね、と、考えながら、クレアが尋ねた。

「なぜ解呪の薬を買いに行ったのですか？　王家が保管していると記憶していたのですが」

「保管はしているが、使うとなると少々面倒でな。信頼できる引退した魔法士団長に相談したところ、隣国に魔女の薬を売る店があると聞いて、伝手《つて》をたどっていった、というわけだ」

そういうことだったのね。と、クレアは納得した。確かに、売っている場所が分かるなら、買いにいった方がきっと早い。そして、軽く溜息をついた。

（もう会わない方が良いと思っていたけど、この状況で薬を作らないのも無責任よね）

ノアにも頼まれたことだし、製薬までは携わろう。

「……分かりました。解呪薬は私が作ります。ただ、残念ながら、すぐというわけにはいきません。薬を作るには、希少な材料が必要になります」

クレアは、家に戻って魔女の本を取ってきた。

「本によると、呪いを解く方法は三つ。一つは、呪いをかけた本人が解く方法。二つ目は、他の魔女が解く方法。そして、三つ目が、薬による解呪」

一つ目については、誰がかけたか分からないため、難しい。二つ目については、クレアができないことはないが、彼女はあまり良くないと感じていた。

「他の魔女が解くこともできなくありませんが、少し強引なんです。長い間かかっている呪いを強引に解くと、後遺症が出てしまう可能性もあります」

「だから、薬による解呪、というわけか」

「はい。薬といっても、お香のように鼻から吸い込むものですが」

クレアが、製薬に必要な十二種類の材料を読み上げると、ジルベルトが難しい顔をした。

「確かに全て珍しいものばかりだな」

「はい。これらを集める必要がありますし、品質にもこだわる必要があります」

ジルベルトが、なるほどな。とつぶやく。

「材料を書いたリストをくれないか。こちらで手配する」

「お願いします。扱ったことのない素材も含まれていますから、少し多目に用意してもらえると助かります」

「了解した。――それで、この場合は、『魔女の契約』をした方が良いのだろうか？」

『魔女の契約』とは、ジュレミが作っている契約玉を契約書替わりに使う、魔女特有の契約のことだ。

ジルベルト様は物知りね。と、感心しつつも、クレアは言った。

「師匠曰く、契約玉は交換条件がある時に使うそうです。この場合発生するのは金銭のみですから、普通に約束だけで大丈夫ですわ」

「そういうものなのか」

「ええ、そうみたいです」

そう言いながら、クレアはポケットからメモ用紙を取り出して、必要な素材を書き写す。

お礼を言ってメモを受け取り、上着の内ポケットに入れるジルベルト。そして、彼は少しだけ口元を緩めると、クレアを見た。

「……しかし、無事で本当に良かった。あれからずっと気になっていた」

クレアはティーカップに口をつけながら目を伏せた。

(心配してくれていたなんて。この人は本当に優しい人ね)

嬉しさで、心の中が温かくなる。

ジルベルトは、椅子の背もたれによりかかると、目を細めて庭をながめた。

「……良いところだな」

「はい、師匠の家です」

「その師匠は?」

「今、旅に出ています」

秋の庭をながめながら、何げない会話をする二人。

「一応教えておくが」と前置きして、ジルベルトが少し呆《あき》れた口調で現在の学園の様子を話してくれた。

「簡単に言うと、滅茶苦茶、だな。オリバーは生徒会長になったものの、上手くいっていないと評判だ。強引なやり口に、生徒からかなり反感を買っているらしい」

クレアが、さもありなん、と苦笑いする。

「よくご存じですね」

「ああ。妹のローズが一年生で入ったからな。よく聞かされている」

そういえば、毒の出所を探るために数日密着した時も、ローズ様とは仲が良さそうだったわね。と、思い出しながら、「では、オリバー様のお相手であるキャロル嬢のことは分かりますか」と尋ねると、ジルベルトが渋い顔をした。

「要領は良いらしい。妃教育も最低限はこなしていると聞いた。しかし、悪い話もよく聞く」

「悪い話？」

「自分の派閥を作って、嫌がらせやいじめを繰り返しているらしい。それがあまりに酷《ひど》すぎて、女子生徒の中には学園を辞めたいと言い出している者もいるらしい」

クレアは溜息をついた。彼女が在学中も、キャロルの素行は目に余った。かろうじて自分が注意していたが、オリバーの婚約者候補となれば、注意できる人間は誰もいないということ。やはりそうなったか。という気持ちでいっぱいだ。

それと。と、ジルベルトが話を続けた。

「王妃が、クレアを内密に探させている。――まあ、こんなところにいるとも思わないだろうから、幾ら探しても見つからないだろうが」

ジルベルトが少しおかしそうに、口の端を緩める。それに釣られてクレアも笑顔になる。

その後、二人は世間話に花を咲かせた。お茶を淹れ直し、庭のりんごを剥いて美味しいと食べ、また話し。いくら話しても話が尽きず、ふと気がつけば、雲が美しい薔薇《ばら》色に染まり始めていた。

「王都までそれなりにかかります。そろそろ帰った方が良いですわ」

名残《なごり》惜しそうに言うクレアに、

「ああ、そうだな。長い時間すまない。つい話し込んでしまった」

ジルベルトが、同じく名残惜しそうに立ち上がる。

その後、クレアは転移魔法陣にジルベルトの魔力を登録し、洞窟まで送って、街道までの帰り方を教えた。

「材料が揃《そろ》ったら、また来てください」

「ああ。また来る」

手を振って森の入り口に向かって歩いていくジルベルトを、そっと見送るクレア。

そして、彼が見えなくなると、「これは、ノアから依頼された魔女の仕事だから、仕方ないわよね」と、つぶやき。美しい夕焼け空をながめながら、幸せなような、切ないような気持ちでラームの家に戻っていった。

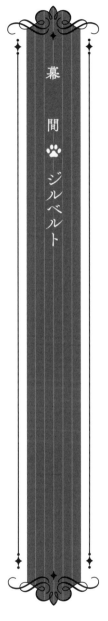

幕間　ジルベルト

クレアと森で別れたジルベルトは、夕焼けを背に、王都に向かって歩いていた。

（まさか、あんなところでクレアに会えるとは思わなかったな）

脳裏に浮かぶのは、森に囲まれた美しい魔女の庭で、青い瞳《ひとみ》を細めて楽しそうに笑うクレアの生き生きとした姿。

ジルベルトは、口の端を緩めた。

（元気そうで良かった。やはり彼女には自由が似合うのだな）


七年前。

ジルベルトが十四歳の時。母と一緒に訪れた辺境伯領で、一人の少女と出会った。

クレア・ラディシュ辺境伯令嬢。

彼女は少し変わった令嬢だった。その年頃の女の子が好む、『王子様とお姫様が出てくるお話』には見向きもせず、父親の書斎にある冒険譚《たん》や旅行記を読み漁《あさ》り、お茶会よりも元気に笑い元気に走り回ることを好む、令嬢らしくない令嬢。

ジルベルトが国境に寄ると言うと、地図と本を持ち出してきて、そこがどんな場所かを熱心に教えてくれた。

「この山が隣国との国境です。山の麓に珍しい薬草の群生地があるので、春になると薬師さんたちが採取しに行くんです」

「ほう。そうなのか」

「はい！　あと、ここには鍾乳洞《しょうにゅうどう》もあって、物語に出てくる迷宮みたいですごく面白いんです！」

クレアが鍾乳洞内部の様子を話しながら目を輝かせる。

いつもツンと澄まして、ドレスやアクセサリーの話ばかりする少女たちとはまるで違う彼女に、ジルベルトは好感を持った。なんて面白くて魅力的な女の子なのだろう、と。

だから、帰りの馬車の中で、母親のメアリーに「婚約者にクレアちゃんはどうかしら」と言われ、「うん」と、即答した。あの子と一緒なら、狭苦しい王宮も楽しく感じられるのではないか、と、思ったからだ。

――しかし、その一か月後。

メアリーが馬車の暴走により儚《はかな》くなり、その喪が明けないうちに、オリバーとクレアの婚約が発表された。

(そうか。あの子はオリバーと婚約したのか)

ジルベルトは、少しショックを受けた。気になっていた女の子を取られたような気分になったが、これればかりは、もうどうしようもない。

(俺《おれ》の立場は不安定だ。何が起こるか分からない。だから、不安定な立場の俺よりも、王妃が母親で

あるオリバーと婚約した方が彼女もきっと幸せになれるだろう）

そんな風に考えて、忘れようとする日々。

しかし、その数か月後。偶然、王宮でクレアとすれ違ったジルベルトは、愕然《がくぜん》とした。天真爛漫《てんしんらんまん》で、いつも楽しそうに笑っていたクレアが、別人のように大人《おとな》しく歩いていたのだ。聞けば、家庭教師に怒鳴られ、王妃に説教され、どんどん元気がなくなっていったという。

しかも、オリバーは、彼女を召使か奴隷のように扱っていた。王妃もそれは同じで、彼女が、クレアを『オリバーのための便利な道具』として扱っているのが見て取れた。

（なんと酷《ひど》い。あれでは彼女が可哀《かわい》そうすぎる）

怒りを覚えるものの、彼女はオリバーの婚約者。

加えて、誰《だれ》かが「ジルベルトは好色殿下」などという根も葉もない噂《うわさ》を流したため、話しかけることもままならなくなってしまった。

やせ細って、貼り付けたような笑みしか浮かべなくなったクレアを、心配しながらも、ただ見守るしかできない日々。

そんなある夜。遠征を終えて、北門から王宮に入ると、一人の女が牢獄《ろうごく》塔から出てくるのが見えた。なにかの魔法を使っているのか、門番は彼女が見えない様子だ。

（何者だ？）

後ろから声をかけ、振り向いた女の顔を見て、驚いた。

（クレアじゃないか！）

それは、紺のしわくちゃのドレスを着て震えているクレアだった。

次の瞬間、クレアが逃げたと騒ぐ兵の声が響く。

ぎゅっと目をつぶって観念したような顔をするクレアを見て、ジルベルトはすぐに決断した。彼女を逃がそう、と。

彼はずっと見てきた。クレアがとても真面目《まじめ》で、何事にも一生懸命取り組んできたことも知っている。閉じ込められるような悪事を働くはずがない。愚かな弟が、自分勝手な理由で閉じ込めたに違いない。

（問題は、このままここにいたら、オリバーの失態を押し付けられ、利用される可能性があることだ）

いずれにせよ、このままここにいるのは危険だ。

ジルベルトは、急いで自分の外套《がいとう》を脱いでクレアにかけた。

彼女が、かすれた声でつぶやいた。

「……逃がしてくれるの？　どうして？」

「クレアは、何か悪いことをしたのか？」

「してませんっ！」

泣きそうな顔をして叫ぶクレアを、抱きしめたい衝動に駆られる。しかし、彼は何とかそれを抑えると、強く頷いた。

「俺もそう思っている。君は悪いことをするような人間じゃない」

その後は、何食わぬ顔で捜索に加わり、クレアが遠くに行く時間を稼いだ。

後から聞いた話によると、オリバーが全校生徒の目の前で、冤罪《えんざい》を着せて婚約破棄を言い渡したらしい。あまりに酷い仕打ちに、怒りに震える。

騎士団に対し、王宮から、「銀髪で青い目をした女」を「探す」ようにと内密の指令が降りたが、ジルベルトは適当に探すように仕向けた。恐らく、クレアは実家にいるだろうと思っていたから、辺境伯領は特に手薄にした。

(幸せに暮らしていれば良いが)

クレアのことを思い出しては、そんなことを考える日々。

だから、魔女の家から彼女が出てきた時、思わず息を呑《の》んだ。こんな王都の近くに住んでいたとは、夢にも思わなかったからだ。

(……だが、驚きはしたが、ホッとしたな)

痩せ細り、生気のない人形のようだったクレアは、すっかり元気になっていた。

辺境伯領で出会った頃《ころ》のように、よく笑い、よく食べるのを見て、ジルベルトは心の底から安堵《あんど》した。助けたことについて何度もお礼を言われたが、救われたのはジルベルトの方かもしれない。

その後、二人は約七年ぶりに歓談。十歳の頃に、ジルベルトに冒険譚を夢中で話して聞かせた少女は、とても魅力的な女性に成長していた。相変わらずユニークで、野菜や果物の効能について熱心に話してくれた。

化粧とドレスの話しか興味のない令嬢たちとは違う興味深い話題に、ジルベルトもついつい熱中。

気づけば、夕方になっていた。

「森の入り口まで送りますわ」

そう言われて、魔法陣を使って、森の入り口付近まで送ってもらい、夕焼けを背に、王都に向かって歩く。脳裏に浮かぶのは、青い瞳を細めて楽しそうに笑うクレアの姿。

「……早く材料を集めないとな」

ジルベルトは、口の端を軽く緩めると、足早に王都に戻って行った。

第五章　旅の二人

「こんな感じかしらね……」

冷たく冴《さ》えた空気が冬の到来を感じさせる、早朝。

クレアは、街で買った薄紅色のワンピースを着て、自室の姿見の前に立っていた。魔法で髪の毛と目の色を濃茶色に変え、上に紺色の新しいローブを羽織る。そして、鏡の前でくるりと回ると、満足げに息を吐いた。

「うん。いいわね。悪くないわ」

壁の時計を見ると、五時少し前。もうすぐ約束の時間だ。

クレアは、街で買った新しい斜め掛けの布鞄《かばん》と、小さくまとめた荷物を持って、玄関に急いだ。鍵《かぎ》をかけ、転移魔法陣に向かう。

そして、森の入り口近くの洞窟から出ると、そこには馬と、旅人風の服装に黒い外套《がいとう》を羽織ったジルベルトが立っていた。ゴーグルのような眼鏡《めがね》をかけ、帽子を被っている。

この格好もとても素敵ね。と、思いながら、クレアが声をかけた。

「おはようございます。ジル様」

事前に決めた呼び名で呼ぶと、ジルベルトが少し嬉《うれ》しそうに頷《うなず》いた。

「おはよう。クレア。荷物はそれだけか？」

「はい。見かけより入るんです」

クレアの荷物を馬の後ろに縛り付けると、ジルベルトが馬に飛び乗ってクレアに手を差し出した。

「さあ、行こう」

＊

遡ること一週間前。

ジルベルトは、手に入った材料を持って、再びクレアの元を訪れていた。

東屋《あずまや》のテーブルに、ジルベルトが持参した材料を並べてチェックするクレア。

「どうだ？　信用できる魔法士に頼んだんだが」

「素晴らしいですわ。状態もとても良いです」

そうか、と、ジルベルトが、ホッとした表情をする。

「ただ、残念ながら二つだけ、どうしても手に入らなかった」

「月見花の蜜《みつ》と、瑠璃《るり》の鱗《うろこ》、ですね」

「ああ。月見花の蜜は、魔女でなければ精製できないため、ほとんど市場に出回らないらしい」

月見花とは、海の近くに群生する植物で、月の晩にのみ花を咲かせ、数時間で枯れてしまう。その蜜を精製するには、魔女の魔力が必要なため、幻の素材と言われている。

これについて既に調べていたクレアは頷いた。

「幸い月が出やすい季節ですし、月見花の蜜は、私が直接咲いている場所に行って精製しようかと思っていますわ」

魔女の本によると、最も近い場所は、この国の最南端にある半島らしい。

クレアの予定では、『三日ほどかけて馬車を乗り継いで、現地で精製し、また三日ほどかけて戻ってくる』という一週間程度の一人旅のつもりであった。

しかし、これにジルベルトが難色を示した。

「……まさか、一人で行こうと思っているのか？」

「ええ。そのつもりよ」

「待て。それは無謀だ。女性の一人旅なんて危険すぎる」

「でも、師匠は一人で旅に出てますわ。それに、馬車なら辺境伯領と王都の往復で慣れていますし、治安も比較的良いって聞いてます」

キョトンとするクレアを見て、ジルベルトがあからさまに不安そうな顔をした。

「……何で行こうとしているんだ？」

「馬車よ。乗合馬車」

「……恐らく、片道三日以上かかるぞ？」

「大丈夫ですわ。暇しないように本を何冊か持っていくつもりでしてよ」

クレアの返事に、ジルベルトが何とも言えない顔をする。

「……ちなみに、クレア。一人旅の経験は？」

「初めてよ」

黙り込むジルベルト。

そして、「辺境伯領から馬車で王都に来るのと、乗合馬車とは全然違うのが分かっていないのではないか」「君はしっかりしているようで案外抜けているんじゃないか？」「君一人では行かせられない」などと言い出し、あれよあれよという間に、一緒に行くことになってしまった。

初めての遠出。一緒に行くのは好きな相手。でも、理由は、相手の好きな人を助けるため。

嬉しいような切ないような気分になりつつも、クレアは気を引き締めた。自分は魔女な上に、王妃に探されているお尋ね者だ。一緒にいるのを見られただけで、ジルベルトにダメージがいきかねない。

（とりあえず、外見は私だと分からないように変装していかないと）

そんな訳で、クレアはわざわざ街に行って服を買い、念入りに変装した（決してお洒落《しゃれ》ではない）。

ドキドキしながら待ち合わせ場所に向かったのだが、まさかの馬一頭に二人乗り。しかも、抱きかかえられるように前に乗せられて、クレアの心臓は爆発寸前だ。ジルベルトが、これからの道中の説明をしている気もするが、茹《ゆ》で上がった頭には全く入ってこない。

（お、落ち着くのよ、クレア。ケットシーの時は、よく肩に乗ってたじゃない）

顔が近くにあったし、なんなら耳につかまっていたこともある。ちょっと相手の心臓の音が聞こえるくらい、た、大したことない。

息を、すーはーすーはー、ゆっくり吸って吐く。

何とか心を落ち着かせて、ちらりと上を見上げると、ジルベルトと目が合った。

「な、なんです？」

裏返った声で詰問するクレアに、ジルベルトが軽く目を逸《そ》らしてつぶやいた。

「……その色も似合うな」

ぼん
クレアの許容量が限界突破。そこからしばらく、彼女はボーっと馬に乗ることになった。

＊

その日は天気も良く、二人の旅は極めて順調だった。街道沿いにある宿場町で休憩を取りながら、どんどん前に進む。

途中で綺麗《きれい》な景色を見に立ち寄ってくれたり、旅慣れないクレアを気遣って、ジルベルトが多めに休みを入れてくれる。お陰で、クレアは快適に旅を楽しむことができた。

(無口だけど、本当に優しい人だわ)

そして、傾いた陽《ひ》が二人の影法師を細長く斜めに地に映す頃《ころ》。ジルベルトが、前方に見えてきた夕日に染まった街の城壁を指さした。

「モルベンの街だ。今夜はあそこに泊る」

「割と大きな街ですね」

「ああ。商業が盛んで、人も店も多い」

城壁をくぐって街の中に入る。

街は薄闇に包まれており、帰宅の時間帯なのか、白い石畳の上をたくさんの人が忙しそうに歩き回っている。既に街灯に灯《ひ》がともっており、その暖かなオレンジ色がどこか懐かしさを感じさせる。

(雰囲気のある素敵な街ね)

物珍しそうにキョロキョロするクレアを乗せた馬を引きながら、ジルベルトが慣れた様子でゆっくりと歩く。

到着したのは、繁華街から一本入ったところにある、小さな宿。

ジルベルトを見つけたのか、宿の主人が外に出てきた。

「ようこそ、ジル様」

「ああ。世話になる」

「馬はこちらでお世話しておきますので、どうぞ中にお入りください」

宿の中に入ると、受付にいた愛想の良い青年に、三階に案内される。どうやら三階は特別らしく、階段を上がる時に見えた二階より、部屋の数がかなり少ない。心なしか内装も豪華な気がする。

「こちらにどうぞ」

クレアが案内されたのは、ジルベルトの向かいの部屋。白が基調の清潔感のある部屋で、ベッドやソファ、テーブル等の家具も比較的新しく見える。

(まあ。家よりずっとキレイだわ)

クレアはクスリと笑うと、荷物をテーブルの上に置いて、ベッドに寝転んだ。

「は～。着いたわ～。楽しかった～」

興奮のせいか、疲れは感じない。むしろ、これからちょっと外を散歩したいような気すらする。こんなに楽しめる旅になったのはジルベルトのお陰だと、心の底から感謝する。

そして、何となくじっとしていられなくて、荷物を解いていると、コンコンコン、と、ドアをノックする音が聞こえてきた。

「お食事ができております」

はい。と、返事をして、荷物を適当にクローゼットに突っ込むと、急いで一階にある食堂に降りていく。食堂では、既にジルベルトが座って待っていた。

「ごめんなさい。待ちました？」

「いや。俺《おれ》も今来たところだ」

クレアが座ると同時に料理が運ばれてくる。湯気の立つ野菜とソーセージのスープに、肉の香草焼き。付け合わせの温野菜。こんがりと焼いたパンからは香ばしい香りが漂ってくる。

二人は、「いただきます」と、フォークとナイフを手に取った。

「うーん、美味《おい》しい！」

「ここの宿は、料理も自慢なんだ」

ジルベルトの話によると、この宿は騎士団幹部がよく利用する宿らしい。

「気を遣わないでいいように、今回は貸し切りにしてある」と、さらりと言われ、彼女は思わず俯《うつむ》いた。違うと分かっていても、何かを勘違いしてしまいそうになる。

そして、食事が終わった後。さあ部屋に戻ろうという段になって、ジルベルトがクレアの目を見た。

「せっかくだから、外を少し歩かないか」

クレアは目を丸くした。外に出たいとは思っていたが、女性一人で出るのはさすがに危険だろうと諦《あきら》めていたのだ。

(……でも、ジルベルト様はずっと馬を御《ぎょ》していたわ。ただ乗っているだけの私よりずっと疲れているわよね)

ここは断った方が良いのではないかと思い、「お誘いはとても嬉しいけど、疲れているんじゃない?」と、遠慮がちに言うと、ジルベルトが頬《ほお》を緩めた。

「俺なら旅慣れているから問題ない。……それに、クレアと少し歩きたいと思っていた」

「……っ」

クレアは思わず息を呑《の》んだ。色気漂う紫の瞳《ひとみ》に真っすぐ見つめられ、心臓が早鐘のように打ち始める。顔にどんどん熱が集まってくるのを感じ、彼女は慌てた。

(こ、これ以上正面に座っていたら、赤面した顔を見られてしまうわ!)

彼女はガタンと席を立つと、ややそっぽを向きながら言った。

「わ、分かったわ。じゃあ、部屋から外套を取ってくるわ!」

＊

部屋に一旦戻って呼吸を整えたクレアは、外套を羽織って宿の外に出た。

外では同じく外套を羽織ったジルベルトが月明かりに照らされながら立っている。まるで彫刻のように整った風貌《ふうぼう》に、思わず足を止めて見入っていると、そのアメジストのような瞳がゆっくりと向けられた。

「どうした？」

「ご、ごめんなさい。待った？」

「大丈夫だ。行こう」

ジルベルトがゆっくりと歩き始める。

その横をややぎこちなく歩くクレア。何とか冷静な態度を保ってはいるものの、彼女は完全にテンパっていた。

（よ、よく考えたら、わ、私、家族以外の男性と街を歩くのは、は、初めてだわ）

しかも、相手は想い人ジルベルト。油断すると右手と右足が同時に出てしまいそうだ。

そんなクレアの心の中など露知らず、ジルベルトは「疲れたら言ってくれ」と彼女を優しく気遣うと、街の中心地方面を指さした。

「この街は、夜の屋台街が有名なんだ。行ってみよう」

「は、はい」

二人は、街の中心地に向かって歩みを進めた。

屋台街に近づくにつれ、まばらだった人影がどんどん多くなっていく。大道芸人が出ているのか、どこからか軽快な音楽や歌が聞こえてくる。街を歩く人々の顔も楽しそうだ。

（ふふ。なんだか楽しくなってきたわ）

徐々に緊張が解け、軽やかな気分になり、彼女は笑顔で隣を歩くジルベルトを見上げた。

「こんなににぎやかだとは思わなかったわ」

「ああ。俺も初めて来た時は驚いた」

ジルベルトが、わずかに口元を緩ませながら人が並んでいる屋台を指さした。

「あれがこの街の名物の葡萄《ぶどう》のホットドリンクだ。飲んでみるか？」

「もちろん！」

二人は行列に並んで、木のコップに入った熱々の葡萄ドリンクを買うと、少し外れた場所にあるベンチに並んで腰掛けた。

クレアが急いで先に口をつける。

（熱いけど美味しい！　……あと、毒は入っていないわね）

続けて、ジルベルトも口をつけた。

「うまいな」

「ええ。本当にとっても美味しい」

にぎわう屋台街の様子をながめながら、ゆっくりとドリンクを味わう。

リラックスした様子のジルベルトに、クレアは気になっていたことを尋ねた。

「つかぬことを聞くんだけど、ジル様は、四日も休んで大丈夫なのかしら？」

「大丈夫だ。三か月前に遠征から帰ってきたばかりで、休暇がたまっている。それに、『団長が休まないと、団員は休めません！』と、言われるからな」

騎士団で見た若手騎士たちを思い出し、クレアがくすりと笑うと、それに釣られるように、ジルベルトも珍しく微笑のようなものを浮かべる。

ドリンクを飲み終わった後、二人は甘い食べ物と飲み物を買うと、再びベンチに腰掛けて会話を続けた。途中で見た美しい景色や見つけた薬草、騎士団についてなど、話題は尽きない。

そして、人が疎《まば》らになり、屋台が閉まり始める時間になって、ジルベルトが溜息《ためいき》をついた。

「……もっと話していたいが、そろそろ戻らないとな」

「そうね……」

クレアも、同じく溜息をついた。本音はもっと話していたいが、明日以降のことを考えれば、戻って休むべきだろう。

先に立ち上がったジルベルトが、手を差し出した。

「行こう」

「はい」

クレアが彼の大きな手につかまって立ち上がる。そして、「ありがとう」とお礼を言って、手を離そうとした、その時。

ジルベルトが、ふいに彼女の手を優しく握った。

「足元が暗い。このままエスコートさせてもらえないか」

その優しい目を見て、思わずこくりと頷くクレア。

ジルベルトは口の端を上げると、彼女の手を大切そうに包み込んで、ゆっくりと歩きだした。

(……え？　何が起きているの？)

クレアは狼狽《うろた》えた。突然起きた予想外の出来事に、頭の整理が追い付かない。嬉しさと恥ずかしさで、顔から火が出そうだ。

耳を赤くして俯きながら横を歩くクレアを見て、目を細めるジルベルト。

その後。二人は黙ったままゆっくりと夜の街を歩き、少しだけ遠回りして宿へと帰った。

＊

「あれが、月見花の群生地に一番近い街だ」

出発から二日目の昼過ぎ。ジルベルトが馬上から指さしたのは、眼下に見える、城壁に囲まれた小さな街。城壁のはるか先には、広く青い海が見える。

クレアは風で飛ばされそうになったフードを手で押さえた。

「随分と風が強いのね」

「海が近いからな」

行こう、と、ジルベルトがさりげなく風からクレアを守りながら馬を進める。

城門から中に入り、前の街と同じように、繁華街から少し離れたところにある静かな宿に入る。ここも騎士団の上層部がよく使う宿らしい。

(素敵なお宿だわ)

クレアが、宿をとってくれたジルベルトに感謝しながら部屋で荷物を解いていると、ジルベルトがやってきた。どうやら宿の主人に月見花の群生地について聞いてきてくれたようだ。

「ここから馬で一時間ほどの場所にあるそうだ。この町の城門が閉まるのは零時らしいから、その前に行って帰ってくる必要がある。蜜の精製にはどのくらい時間がかかる?」

「二時間ぐらいだと思うわ」

二人は相談し、早めの夕食をとって、月が出る頃に群生地に行くことにした。それまで数時間。クレアは、勧められて部屋で休むことになった。

(……ふふ、まさか旅がこんなに楽しくなるなんてね)

ベッドの中に潜り込みながら、クレアは思わずクスリと笑った。一人だったら、絶対にこうはいかなかっただろう。ジルベルトのお陰だ。

(それに、ジル様、よく笑うようになったわ)

彫刻のようにほとんど表情を変えないジルベルトが、旅に出てから、自然に笑うようになった。その笑顔を見ると、気を許してくれていることが伝わってきて、嬉しさと同時に心がとても騒がしくなるのを感じる。この時間が永遠に続けばいいとは思うが、旅はもう折り返し地点。これからメインの月見花の精製が待っている。

クレアは寝返りを打つと、「ジルベルト様のためにも、蜜の精製、絶対に成功させないとね」と思いながら、目を閉じた。

＊

夕日の名残《なごり》が消えつつある、夜に限りなく近い夕暮れ。

ジルベルトとクレアは馬に乗って、月見花の群生地に向かっていた。

「少し風が収まってきたようだな」

「そうね。助かるわ」

精製道具の入っている鞄を抱え直しながら、クレアが答える。頭の中で、手順を何度も復習する。

そんなクレアを鍛えられた腕で抱きかかえながら、馬を走らせるジルベルト。

そして、完全に陽が沈み、月が明るく地面を照らし始めた頃。二人は、広い草原に着いた。

「わあ。すごい！」

クレアは目を見張った。

白く光る丸い月見花に覆われた幻想的な草原の上空に、美しい満月が浮かんでいる。風にのって流れてくるのは、かすかな潮の香りと花の甘い香り。時折、夜の鳥の声と、寄せては返す波の音が聞こえてくる。全てがとても神秘的だ。

ジルベルトに手伝ってもらいながら馬から降りると、クレアはしゃがみ込んで、そっとスズランのようにコロンと丸い月見花の花を手に取った。

「……素敵ね。まるで、真珠みたいだわ」

「クレアは真珠が好きなのか？」

「ええ。宝石の中では一番好きよ」

手の平で光る月見花にうっとりしながら答える。こんな美しい花を見たのは初めてだ。だが、時間には限りがある。ながめてばかりはいられない。

「じゃあ、少しもったいないけど、花を摘んでいきましょう」

クレアは丁寧に花を摘み始めた。馬をそばの木につないだジルベルトも、同じように花を摘んでいく。

そして、十分後。

クレアは、白く丸い花びらがいっぱい入った小さな鍋を、ジルベルトがおこしてくれた火にのせた。

「では、始めます」

木べらに魔力を流しながら、静かにかき混ぜると、白い花びらがゆっくりと溶け、液体になっていく。

「……見事なものだな」

ジルベルトが感心したようにつぶやく。

途中、白い花を追加したり、火や魔力を強めたり、様々な工夫をして、約一時間。

「で、できたわ……」

ついに液体が透明になった。

持ってきた瓶にできた液体を移し、クレアは、ふうっと息を吐いた。予想より苦戦したが、これだけあれば十分だ。

疲れただろう、と、隣に座って、ジルベルトが水筒のお茶を勧めてくれる。

彼が持つとなんだかコップが小さく見えるわね、と、クスリと笑いながらお礼を言って受け取るクレア。

二人は、まだ少し熱いお茶を飲みながら、幻想的に光る草原をながめた。天上には大きな月と、煌《きら》めく小川のような星空が見える。

クレアがぽつりとつぶやいた。

「これで、足りない材料は鱗だけね」

「ああ。今手配しているから、近いうちに何とかなるだろう」

ジルベルトも同じくぽつりとつぶやく。

そうなのね。と、返しながら、クレアの胸は痛んだ。鱗が見つかれば、あとは解呪薬を作るだけ。

彼と会う理由もなくなる。

(そうだ。今のうちにアレを聞いておこう)

クレアが口を開いた。

「……前から聞きたかったのだけど、どうして噂《うわさ》を否定しないの?」

「噂か。どの噂だ」

「好色殿下、よ」

ジルベルトが軽く苦笑した。

「……噂ではなく、真実かもしれないぞ」

「真実のはずがないわ。宿の受付に可愛《かわい》い女の子がいても見向きもしていなかったもの」

クレアが、「好色殿下設定はどうなっているんだ、って感じだったわよ」と、指摘すると、ジルベルトは、参ったな、という風に笑った。

「いつからかは分からないが、どこからか、俺が女好きだという噂が流れた」

その根も葉もない出鱈目《でたらめ》な噂を、初めは嫌がっていたジルベルトだが、そのうち都合が良いことに気がついたという。

「まず、山のように来ていた縁談が減った。女性と遊びたいからという理由で、王立学園ではなく騎士学園にも入れた。遊びにくいからと言って王宮も出ることができたし、騎士団に入ることもできた。何より大きいのは、勝手に婚約者を決められないことだ」

噂の内容は酷《ひど》いが、結果は万々歳だ。と、ジルベルトが小さく笑う。

クレアが尋ねた。

「でも、王位継承争いに不利よね?」

「……俺は別に王になりたいとは思っていない。むしろ、なりたくない方が強い」

クレアはきょとんとした。

「そうなの?」

「ああ。……まあ、でも色々あるんだ」

ジルベルトは、ふっと笑うと、グイっとお茶を飲み干した。

「話はこれくらいにして、そろそろ行こう。門が閉まる」

これ以上聞けないことを感じ、クレアは大人《おとな》しく立ち上がった。道具を鞄《かばん》にしまい終わると、ジルベルトが馬に乗ってやってきた。

「手を」

「はい」

手を伸ばすクレアを、引っ張って馬に乗せるジルベルト。そして、その腰を優しく引き寄せると、たくましい腕で彼女の体を抱きしめた。

「ジ、ジル様？」

突然の行動に、クレアが驚いて固まる。

ジルベルトは小さく溜息をつくと、つぶやいた。

「これで旅も終わりだな」

「……そうね」

「楽しかった。ありがとう」

「私こそ」

ジルベルトの鍛えられた腕に、クレアがそっと手を添えると、抱きしめる腕に力がこもる。

彼女は、ジルベルトの大きな体に自身の体を預けると、目をつぶった。

（なんて温かいのかしら）

何も言わずに、クレアを優しく包み込むジルベルト。
――そして、二人はそのまましばらく星空をながめたあと、静かに街に戻っていった。

幕間　ローズ王女

「もっと他《ほか》に仕事はないのか？　やっておくぞ？」

セントレア王立学園の生徒会室に、オリバー王子の偉そうな声が響き渡る。

副会長である公爵令嬢が、ひきつった笑みを浮かべながら答えた。

「はい。ございません。そちらの書類の決裁と、この前の視察のレポートを作っていただければ終わりです」

「ふん。他愛ないな。では、これらの書類は持って帰ってやることにする」

「はい。よろしくお願いします」

書類の入ったやや厚めの封筒を手に、ふんぞり返って生徒会室から出ていくオリバー。

ドアが閉まってしばらくすると、棚の陰から栗色の髪と目をした利発そうな少女――ローズ王女が出てきた。

「危なかったわ。オリバーお兄様ったら急に来るんですもの。危うく見つかるところだったわ」

そして、オリバーの態度にげんなりしている副会長と他の生徒会主要メンバーたちに明るく声をかけた。

「では。会議を再開しましょう。卒業式当日の段取りだったわね」

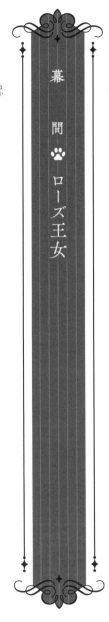

副会長は尊敬の目をローズに向けると、深々と頭を下げた。

「はい。よろしくお願いします」

＊

その日の夕方。感謝の言葉を口にする生徒会メンバーに見送られながら、ローズは待たせてあった馬車に乗り込んだ。

（ふう。疲れたわ）

会議の内容は、学園の最大イベントの一つである卒業式について。今年はオリバーの保護者として国王と王妃も参加するため、入念な打ち合わせや決めごとが必要で、本来であれば生徒会長であり王族であるオリバーが仕切らなければならないところだ。

しかし、オリバーは「もっと金をかけろ」「卒業生の挨拶《あいさつ》は、今年は首席ではなく王子である自分がするべきだ」などと好き勝手を言うばかり。収拾がつかなくなり困り果てる生徒会を見かねて、ローズがこっそり引き継いだ格好だ。

自分が引き継ぐと宣言した時の、救われたように涙ぐんだ副会長の顔を思い出し、ローズは溜息《ためいき》をついた。

（本当にオリバーお兄様には困ったものね）

以前流した「オリバー王子は生徒会の仕事がまるでできない」という噂《うわさ》のお陰で、王妃が秘密裏にオリバーを補助させる人間を付けた。オリバーが仕事を持って帰って彼らにやらせるようになったため、生徒会メンバーの業務負荷は、一応は軽減された。

（でも、生徒会長の仕事は、書類仕事だけではないのよね）

視察や慰問、調整、会議など、しなければならないことはたくさんある。クレアはこれに加えて厳しい妃教育までこなし、成績も常にトップだった。

（本当にクレアさんは優秀だったわ。それに引き換え、オリバーお兄様ときたら……）

会議では好き勝手なことを言うだけ。視察や慰問では偉そうな態度で反感を買い、調整に至っては面倒だからとやったフリ。今では見かねたローズがこっそり代行している始末だ。

（ジルベルトお兄様と同じ血が流れているとは思えないわ）

ローズは、優秀で心優しいジルベルトを尊敬していた。好色殿下などという噂《うそ》は嘘だと思っているし、国王には絶対にジルベルトを推《お》そうと心に決めている。

（でも、ジルベルトお兄様は、あまり国王になりたくないように見えるのよね）

今、もしもジルベルトに何かあったり、彼が王位継承を断れば、オリバーが国王になることになる。そうなったら、この国は確実に終わる。

（……今までは関係ないと思って周りが何を言っても受け流していたけど、私も王族として王位について考えた方がいいのかもしれないわね）

そんなことを考えるローズを乗せた馬車が、王宮の敷地内に入る。

馬車を降り、お辞儀をする使用人たちに、にこやかに挨拶をしながら王宮内の廊下を歩いていると、廊下の向こう側から、たくさんの使用人を従えた、険しい顔の女性が歩いてくるのが目に入った。

(王妃様だわ)

急いで壁際に移動するローズ。

王妃は悠然と歩いてくると、頭を下げるローズを鋭い目で見た。

「久し振りね。ローズ。学園からの帰りかしら」

「はい。王妃様」

「聞いたわよ。オリバーの仕事を一部代行しているそうね」

さすがは王妃様。耳が早いわね、と思いながら、ローズがへりくだるように頭を下げた。

「はい。オリバーお兄様の指導の下《もと》、一時的な代理としてお手伝いさせていただいております」

彼女の回答が満足いくものだったらしく、「そう」と、口の端を上げる王妃。「王族の名に恥じぬように今後も励みなさい」と悠然と去っていく。

その後ろ姿をながめながら、ローズは溜めていた息を、はあ、と吐いた。

(王妃様も大分焦っているみたいね)

ここ最近の王妃は実に機嫌が悪かった。小さな失敗を叱咤《しった》されクビになったメイドもたくさんいる。可哀《かわい》そうなのは文官たちで、ささいな発言やミスを責められて、かなり参っているらしい。お陰で王宮の空気がとても重い。

(何とかならないものかしらね)

彼女は深い溜息をつくと、踵《きびす》を返して自分の部屋へと歩いていった。

第六章　解呪

「で、できたわ！」

クレアは、作業台に並べられた親指大の三角錐《すい》の練り物の前で、思わずガッツポーズを決めた。

出来上がったのは、解呪の薬。尖《とが》った部分に火をつけると、薬効のある煙が出る仕組みだ。

「しかし、本当に、運が良かったわ。師匠様様ね」


クレアが夢のような旅から帰ってきた翌日、ノアがラームの家にやってきた。

「これ」

差し出されたのは、師匠であるラームからの手紙と荷物であった。手紙の中身は、近況の報告とクレアへの気遣い。そして、荷物の中には、「珍しい素材をいっぱい手に入れたから送るよ。自由に使いな」というメモと共に、箱に入った素材がいっぱい詰まっていた。

箱の中身を見て、クレアは驚愕《きょうがく》した。

「え！　なにこれ！　すごい！」

珍しいどころか、今では手に入らないと言われている素材も多く、一体どうやって集めたのか見当もつかない。

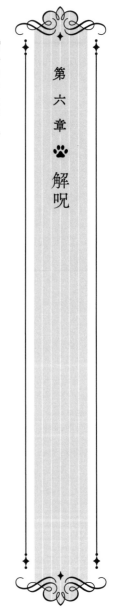

その中でも、一際輝《ひときわ》いていたのが解呪の薬に必要な最後の素材『瑠璃《るり》の鱗《うろこ》』。

クレアは驚くと同時に首を傾《かし》げた。

瑠璃は北の大陸にのみ生息する魚で、警戒心が強く、滅多《めった》に網にもかからずほとんど捕れない魚だという。市場にも出回っておらず、ジルベルトですら入手困難だったのだが……。

(師匠はどうやって手に入れたのかしら。まさか自分で釣ったのかしら)

釣りをしているラームを想像して、思わず吹き出しそうになる。

そして、ラームのお陰で全て素材が揃《そろ》ったので、クレアはすぐに解呪薬の調合に取りかかり、何度かの失敗を経て、ようやく完成させた、という次第だ。


クレアは、出来上がった薬に布を被せると、考え込んだ。

(さて、これをどうやって渡すか、よね)

本音を言えば、ジルベルトに会って渡したい。ついでにお茶を飲んで、旅は楽しかったね、と、笑い合いたい。

「……でも、さすがにもう、会わない方がいいわよね」

クレアは魔女で、ジルベルトは王族。どうにかなる関係ではないし、関係があると分かればジルベルトの立場が危うくなる。

「……辛《つら》いけど、最後に良い思い出もできたし、このままお別れしないとね」

覚悟していたことだ。最後に彼の役に立てたのだ。後悔はない。

（それに、あの花畑で、確かに自分の気持ちが通じた気がしたわ。だから、きっとここが潮時よ）

静かな気持ちで、解呪の薬を見つめるクレア。そして、色々考えた末に、決めた。例の方法で渡そう、と。

＊

（ここも来慣れたわね）

その日の夕方前。ケットシーに姿を変えたクレアは、誰《だれ》もいないジルベルトの部屋を訪れた。

従魔専用出入口から入り、ドアの鍵《かぎ》がかかっていることと、部屋にも廊下にも誰もいないことを再三確認すると、クレアは小さくつぶやいた。

「〈変身解除〉」

黒い魔力に包まれ、ケットシーから、人間の姿に戻る。

（急がないと）

色あせた青いワンピースのポケットから、布袋を取り出す。中に箱と手紙が入っていることを確認すると、そっとテーブルの上に置いた。

（これで、帰ってきたらすぐに見つけられるわね）

ちなみに、手紙の中身は次の通りである。

「親愛なるジルベルト様
探していたものが偶然手に入りましたので、作ってみました。

三角の先に火をつけて置き、煙が出なくなるまで放置すると、良い香りが部屋に充満します。

目安は一日一つ。

部屋を閉め切って使うことをお勧めします。

普通の人間が吸っても、リラックスして眠くなる程度なので、そのまま部屋にいても大丈夫です。

使用一日目で起きている時間が長くなり、一週間も続ければ、ほぼ良くなると思います。

予断を許さない状況と思います。少しでも早く回復することを祈っています。　貴方《あなた》の友人より」


内容は少し抽象的だが、ジルベルトであれば大丈夫だろう。


「〈身体変化〉」

呪文を唱え、再びケットシーの姿になる。そして、窓際のカーテンの陰に隠れると、ジルベルトが帰ってくるのを待つことにした。

(森に帰ってもいいけど、万が一誰かが入ってきて、持っていったら困るしね)

これは薬を守るためであって、決して最後にジルベルトを一目見たいなどと思っているわけではない。そう自分に言い聞かせながら待つこと、十数分。

扉が開いて、ジルベルトが帰ってきた。黒い騎士服に、黒い外套《がいとう》。仕事から帰ってきたばかりだからか、やや鋭い顔をしている。

（思ったより早かったわね。……ふふ。やっぱり騎士服姿はかっこいいわ）

目を細めるクレア。そして、最後に一目見れたことだし、さあ、森に帰ろう。と、走り出そうとしたその時。予想外のことが起こった。

手紙を見つけて読んだジルベルトが、こうつぶやいたのだ。

「これは、今すぐに行くべきだな」

そして、箱を鍵のかかる引き出しにしまうと、手紙をポケットに入れて、外に飛び出してしまった。

（え⁉　今すぐ⁉）

クレアは思わずポカンとした。早くても明日以降だと思っていたのに、これは予想外だ。そして、ふと心配になった。

（ちゃんと製法通りに作ってはいるけど、大丈夫かしら）

クレアが心配しているのは、『乾燥』ができているかどうかだ。魔女の本には、「一昼夜以上乾燥させてから使うこと」、と、書かれていた。この記述に従い、一昼夜乾燥させはしたのだが。

（昨晩からずっと雨が降っていたのよね）

しかも、雨の影響で、空気がいつもよりも湿気を含んでいる。

一昼夜以上経《た》っているし問題なく乾燥しているとは思うが、魔女の薬は繊細だ。万が一の可能性もある。

（大丈夫だとは思うけど、どうかしら……）

考えれば考えるほど不安になってくる。

そうこうしているうちに、ジルベルトが帰宅し、バタバタと出かける準備を始めてしまった。

その様子を見ながら、彼女は覚悟を決めた。万が一、何かあったらマズイ。これは、もうついていくしかない。

意を決して、ちょろちょろと部屋の中央に出ていくと、上着を着ていたジルベルトが驚いた顔をした。

「お前、無事だったのか！」

思わずといった風に、ジルベルトがクレアを手ですくい上げる。

心配させてごめんなさいね。と思いながら、クレアは目をつぶった。久し振りに温かい手で撫《な》でられ、とても安心する。

ジルベルトが尋ねた。

「すまないが、これから出かけるんだ。前に行った侯爵家に行くのだが、一緒に行くか？」

クレアが、こくこくと頷《うなず》くと、「では、一緒に行こう」と、嬉《うれ》しそうに彼女を肩に乗せる。そして、部屋を出て階段を降りると、塔の下につないであった馬に飛び乗った。

「風が少し強い。こっちに入っていてくれ」

外套のポケットにクレアをそっと入れると、馬を走らせ始める。王都を走り抜けて、街道を進む。

吹きつけてくる冷たい風に目を細めながら、クレアは溜息《ためいき》をついた。

（はあ。何なのかしら、この展開）

もうジルベルトと会うのはやめようと決心して、部屋に薬と手紙を置いたのに、なぜか一緒に侯爵邸に行くことになっている。今の私は従魔だから、会ったことにはならないかもしれないけど、それでも心の整理をつけたいのに、などと考える。

（まあ、でも、乗り掛かった船だもの。最後まで見届けるのが筋かもしれないわね。ちゃんと薬が効くかを確認して、終わりにしましょう）

時折、「寒くないか？」と、クレアを気遣いながらも、ひたすら馬を走らせるジルベルト。月明かりに照らされた田園を通り抜け、あっという間に侯爵邸の前に到着した。

「ど、どうされました。ジルベルト様」

執事や使用人たちが驚いたように屋敷の外に出てくる。

ジルベルトが、スタリア侯爵とフィリップに急用があると伝えると、すぐ二階の応接室に通された。

そして、待つこと数分。緊張した顔のフィリップとスタリア侯爵が、慌てて応接室に入ってきた。

「こんな時間にどうした、ジルベルト！」

「一体何があったのですかな」

「驚かせてすまない。急いだ方が良いことがあってな」

ジルベルトは、二人と向かい合わせに座ると、切り出した。

「前に話していただろう。コンスタンスはもしかすると呪いをかけられているかもしれない、と」

フィリップが頷いた。

「ああ。あの後、こちらでも調べてみたんだが、呪いで間違いなさそうだ。過去に呪いをかけられた者と全く同じ症状だった」

ジルベルトは、ポケットからお香の入った箱を取り出した。

「実は、解呪薬を手に入れた」

「……っ！」

フィリップと侯爵が驚きのあまり目を見開いた。

「一体どこから……」

「信用できる筋から手に入れた。穏やかな解呪を誘う香らしい。俺《おれ》は試す価値があると考えているが、二人の意見を聞かせてほしい」

フィリップが真剣な顔で尋ねた。

「それは、確かなものなのか？」

「ああ。世界で一番信用している人間から手に入れた」

ジルベルトの肩の上で、クレアは照れて目を伏せた。彼にそんな風に思ってもらえていたなんて、これ以上ないほど嬉しい。

フィリップが驚いたような顔をした。

「貴方がそこまで言うなんて、余程だな。それだけでも、私は試してみるべきだと思う。スタリア侯爵はどう思われますか？」

苦悩するような表情で俯《うつむ》く侯爵。しばらく黙った後、思い切ったように顔を上げた。

「このままでは、コンスタンスが死ぬのは目に見えています。たとえ失敗する可能性があったとしても、私は父親として使いたいと考えます」

「では、決まりですね。ただ、念のため、毒性の確認だけしましょう」

一旦部屋を出たフィリップが持ってきたのは、皿とカップとナイフ。

彼は、ジルベルトからお香を一つ受け取ると、慎重に、においを確認した。

「……良い香りだ。問題なさそうだ」

銀のナイフを使ってお香を二つに割ると、それを細かく刻んで水の入ったカップに移す。そして、毒を検知できる特殊スプーンでかき回し、スプーンに変色がないことを確認すると、二人に向かって頷いた。

「大丈夫です。毒性はありません」

侯爵が安堵《あんど》の表情を浮かべる。

三人は、緊張した面持《おもも》ちで、暗い廊下を通って、コンスタンスの部屋に移動した。

淡いランプの光の下、ベッドに横たわる、更に痩せ細ったコンスタンス。

ジルベルトが、部屋の真ん中のテーブルにお香を置くと、指先から炎を出して火をつけた。火はすぐに消え、甘い香りが部屋中に広がる。

侯爵がホッとしたような声で言った。

「良い香りですな。吸い込んでも何ともない」

「そうですね。心が落ち着きますね。今寝たらよく眠れそうです」

そんな会話を聞きながら、クレアはジルベルトの肩からベッドに飛び乗った。コンスタンスの表情が、心なしか穏やかになった気がする。魔力で探ってみると、解呪薬の影響で、呪いが少し緩み始めているのが分かった。

（成功ね。一週間もしないうちに解けるはずだわ）

ホッとしながら、ジルベルトの肩に戻ろうとする。しかし、ジルベルトの腕に登った瞬間、クレアの視界がぐにゃりと歪《ゆが》んだ。

（え？）

そのまま意識を失い、ポトッと、ジルベルトの膝《ひざ》に落ちる。

「……っ！」

ジルベルトが目を見開いて息を呑《の》んだ。血相を変えてクレアを拾い上げる。

「おい！　どうした！」

ジルベルトの只《ただ》ならぬ様子に、フィリップが心配そうに声をかける。そして、ぐっすりと気持ちよさそうに寝ているクレアを見ると、小さく笑った。

「……はは。脅《おど》かすなよ。寝ているだけじゃないか。体が小さいから薬がよく効いたんだろう。外の空気を吸わせてやるといい」

「ああ。すまないが、少し席を外す」

腕に小さなケットシーをのせて、急いで部屋の外に出るジルベルト。廊下を早足で歩いてエントランスに向かう。そして、ドアを開けて屋敷の外に出た瞬間。

ボン
どこからか黒い煙がもうもうと立ち込め始めた。

何事だ、と、ジルベルトが鋭い目つきで油断なく周囲をうかがう。

次の瞬間。

ズシリ、と突然重くなる腕。見ると、そこには、やけに血色の良いクレアが幸せそうな顔で安らかな寝息を立てていた。


「……は？」

後にジルベルトは言った。人生であれほど驚いたことはない。と。

＊

空がぼうっと銀色に染まり始めた早朝。

クレアは、聞き慣れた鳥の鳴き声で目が覚めた。

「う、うーん……。今何時かしら……」

寝ぼけまなこで起き上がると、目に入ったのは、片づいた部屋と窓につり下がったガラスのランプ。

そこは師匠であるラームの部屋であった。

「……あれ？　私、部屋間違えた？」

疲れていたのかな、と、ぐぐーっと伸びをして。彼女は、思い出した！

（ち、違う！　私、倒れたんだったわ！）

しかも、ケットシーの姿で！

がばっとベッドから起き上がって、つんのめるように姿見の前に立つ。姿はなぜか人間で、着古して色あせた青いワンピースを着ている。

（え？　何これ？　意味が分からない。何があったの？）

混乱のあまり、頭をぐしゃぐしゃと掻《か》きむしる。

――と、その時。

トントントン。下から、まな板の上で何かを切るような物音が聞こえてきた。同時に漂ってくる、美味《おい》しそうなにおい。

（！　ま、まさか、まさか、まさか!!）

クレアは部屋を飛び出て、転がるように階段をかけ下りた。一階に降り立ってすぐに視界に飛び込んできたのは、荒れた台所に立っている、腕まくりをした白いシャツのジルベルトの後ろ姿だった。

（ぎゃー!!）

クレアは、立ち尽くすと、心の中で絶叫した。

振り返ってクレアを見たジルベルトが、ホッとしたような顔をする。

「おはよう。クレア。気がついたか」

散らかった部屋に立っていてもなお、キラキラしているジルベルト。

着古して色あせたワンピースを着て、髪の毛をふり乱している自分。

クレアが、絶望のあまり両手で顔を覆ったのは言うまでもない。

＊

――十分後。

クレアは、新しい赤いワンピースに着替え、ジルベルトと向かい合わせに座っていた。

朝食のメニューは、畑から採ってきたと思われる野菜と干し肉のスープ、剥《む》いたりんご。慣れない台所で作ったとは思えない立派な朝食だ。

ジルベルトに「どうぞ」と、言われ、「いただきます」と、食べ始める。本来ならば、おいしいと言って食べるところだろうが、彼女にはその余裕がない。

（これは現実？　夢？　あー！　もう訳が分からない！）

昨日から色々なことが起こりすぎて、頭がぐるぐるだ。ここが現実かどうかすら定かではない。

黙って黙々とスープをすするクレアを気遣うように見ながら、ジルベルトが、昨夜一体何があったかを話してくれた。

「ケットシーが急に寝始めて、外の空気を吸わせようと玄関を出た瞬間、クレアが現れたんだ」

言うべき言葉が見つからず、しゃりしゃりと黙ってりんごを食べるクレア。

突然現れた挙句、ピクリとも動かないクレアを心配してフィリップに診《み》てもらったところ、寝ているだけだと分かったらしい。

「俺の部屋に連れ帰ろうかとも思ったが、王宮が近い。それで、君の家の方が良いだろうと、森の入り口の転移魔法陣を使わせてもらって、ここに連れてきた」

クレアは、両手で顔を覆った。

ケットシーになって部屋に入り浸っていたことがばれ、着古した青いワンピースを見られ、挙句の果てに汚い家を見られた。穴があったら入りたいとは正にこのこと。なんと言ったら良いかも、どんな顔をしたら良いかも分からない。いっそ死んでしまいたいとすら思う。

クレアの切羽詰《せっぱつ》まった顔に、ジルベルトが深刻な面持ちで頭を下げた。

「非常時とはいえ、勝手なことをして、本当に申し訳なかった」

「……いえ、こちらこそご迷惑をお掛けしてすみません」

これ以上彼に気を遣わせてはいけないと、何とかいつも通り微笑《ほほえ》むと、丁寧にお礼を言う。そして、「ん?」と、気がついた。

「……そういえば、ジルベルト様は、どうしてあれが私の部屋だって思ったの?」

「一番片づいていたからだ。もう一つベッドの置いてある部屋があったんだが、散らかり具合から、君の師匠の部屋なのかと思った」

クレアは察した。もしかして、「クレアは片づけ上手《じょうず》だが、師匠の方が片づけ下手《べた》」だと思われているんじゃないだろうか。

事実は逆だが、ジルベルトにバレたくない一心で、クレアはこの流れに乗った。

「そ、そうなのよ。師匠はちょっと片づけが苦手で」

不在の師匠に全ての罪を着せる。

「そのようだな。入った時、少し驚いた」

ジルベルトがあっさり信じるのを見て、「そ、そうよね、ふふふ」と、乾いた笑い声を立てながら、助かった、と、内心汗をぬぐう。

食事が終わり、ジルベルトと一緒に食器を片づけながら、彼女は思った。

(さあ、次はいよいよケットシーのことを聞かれるわね)

ケットシーの姿でジルベルトの部屋に入り浸っていたことを思い出し、思わず赤くなる。

(ああ、もうちょっとお菓子を食べるのを控えれば良かった)

今更なことを心の底から後悔する。

しかし、ジルベルトは片づけが終わると、椅子《いす》にかけてあった上着を羽織り、気遣うようにクレアを振り返った。

「そろそろ行かなくてはならない。無理せず、よく休んでくれ」

クレアは目をぱちくりさせた。

「……ええっと、あの、聞かないの?」

「何をだ?」

「……」

黙り込むクレアに、ジルベルトは小さく微笑んだ。

「何か心配しているようだから、一応言っておくが、俺は突然現れたクレアをここに連れてきただけだ。聞くようなことは特にない」

何も心配はいらないから、とりあえずゆっくり休んでくれ、また夜に様子を見にくる。そう言い残し、ジルベルトは王都へ戻っていく。

そのどこまでもイケメンな後ろ姿を見送りながら、クレアはぽつりとつぶやいた。

「どれだけ好きにさせれば気が済むのよ。本当にひどい人だわ」

＊

夕方過ぎ。紙袋を持ったジルベルトが再びラームの家を訪れた。

「随分と片づいたな。休まなかったのか？」

家に入るなり、ジルベルトが少し驚いたような顔をする。

「……なんだか落ち着かなかったし、そのままにしておくのもどうかと思って」

やや目を逸《そ》らしながら、クレアが曖昧《あいまい》に答える。

実のところ、本を本棚に戻して、あとは全部納戸《なんど》に放り込んだだけだが、朝よりは大分マシに見える。納戸は酷《ひど》いことになっているが。

ジルベルトが、紙袋から食料を出して、テーブルの上に置いた。

「適当に買ってきた」

出てきたのは、こんがりと焼いた肉と野菜にソースをかけたものと、パンケーキと丸パン、クロノスのマカロンだ。

「……あ、ありがとう」

私の好みを完全に把握しているわね、と、やや複雑な気持ちになるクレア。どうやらケットシーの時の好みも、クレアの好みと認識されているらしい。

二人は向かい合わせに座ると、「いただきます」と、食べ始めた。

「このパンケーキとても美味しいわ」

「それは良かった」

「マカロンも美味しいわ。これ、新味ね」

クレアがぱくぱく食べるのを嬉しそうに見ながら、ジルベルトが今日あった出来事を話し始める。

相槌《あいづち》を打って聞きながら、彼女は心の中で思った。

(なんだか、不思議な気分だわ。離れよう、忘れようと決心したのに、また一緒にご飯を食べている)

これは、コンスタンスさんが完全に回復するまで見守れ、ということなのかしら、と、考える。

しばらく世間話をした後。ジルベルトが、おもむろに口を開いた。

「実は、夕方フィリップから連絡があった。コンスタンスが目を覚ましたらしい」

「良かった。ちゃんと薬が効いたみたいね」

「ああ。昨夜からフィリップが付ききりで診ているという話だ。意識もはっきりしているようで、会話もできるようになったらしい」

クレアは、ホッと胸を撫でおろした。

「本当に良かったわ。今後はどうするの？」

「フィリップが引き続き診ることになった。彼女の具合を見ながら、無理のない範囲で少しずつ今の状況を話していくつもりらしい」

「フィリップ様が付いていてくださるなら安心ね」

微笑むクレアをジッと見ながら、ジルベルトが口を開いた。

「彼の話では、顔色も随分良くなって、食事も前よりは摂《と》れるようになったらしいが、一つ気になることがあるらしい」

クレアが眉間にしわを寄せた。

「気になること？」

「……昼過ぎくらいから、コンスタンスの唇《くちびる》が血のように赤くなったそうだ」

ああ、と、クレアは頷いた。

「それは、解呪が進んでいる証拠だと本に書いてあったわ。しばらくしたら、普通の色に戻ると思うわ」

ジルベルトが、そうか、と、無言になる。

クレアが首を傾げた。

「どうしたの？」

「……気づいていないのか？」

「え？　何を？」

きょとんとするクレア。

ジルベルトが覚悟を決めたような顔をすると、ゆっくりと口を開いた。

「君の唇も、まるで血のように真っ赤だ」

幕間　ほくそ笑む王妃

「そう。ジルベルトが、叙勲を受けると言っているのね？」

王宮にある王妃執務室にて。豪華な革のソファに座った王妃が、満面の笑みを浮かべた。

「は、はい。一度は断ったが、やはり気が変わった、と」

ピリピリとした空気を感じ、気の弱そうな男性秘書が小柄な体を更に小さくする。

王妃が、ほうっ、と溜息《ためいき》をついた。

「……そう。分かったわ、下がってよろしい」

頭を下げると、脱兎《だっと》のごとく部屋を出ていく秘書。

そして、ドアが閉まった瞬間。とりつくろった王妃の顔が、怒りと憎しみに歪《ゆが》んだ。

「あの男、ついに本性を現したわね」

クレアが消えて十一か月。どんなに手を尽くしても、オリバーの評価は下がる一方だった。理由は簡単。オリバーの愚行を、フォロー、尻拭《しりぬぐ》いしていたクレアがいなくなったからだ。評価が下がったというよりは、正当な評価になったと言った方が正しい。ついには「オリバー様は仕事を人に押し付けてばかりいる馬鹿《ばか》王子だ」という噂《うわさ》まで立ち始めた。

この状況に、王妃は大いに慌てた。まさか、我が息子がここまで無能だとは思いもしなかったからだ。

彼女は必死にテコ入れし始めた。オリバーの代わりに仕事をする人間を密《ひそ》かに付け、支援したのだ。

しかし、仕事は何とかなっても、性格や行動まではどうにもならず。学校で、『傍若無人《ぼうじゃくぶじん》な第二王子様』などと陰口をたたかれる始末だ。

クレアの追放劇に加え、『傍若無人な第二王子様』。

これだけでも大ダメージなのに、今度は対抗馬であるジルベルトの評価が上がってきた。東の国境で、獅子奮迅《ししふんじん》の活躍。身を挺《てい》して、多くの騎士と民衆の命を救ったのだ。

このせいで、ジルベルト側に付く貴族が一気に増えてしまった。イメージダウンのために流した『好色殿下』という二つ名も、「英雄色を好むと言いますからな」、「王位に就けば、むしろ良いのでは」と、好意的に見られるようになってしまった。

おまけに、ジルベルトは今回、今まで断り続けた叙勲を受けるという。叙勲式は、王太子指名の一か月前。このままでは、王太子はジルベルトに決まってしまう。

王妃は、爪《つめ》を噛《か》んだ。

(魔法が得意なだけの下賤《げせん》な女の子供が国王など、許せない。なにか手を考えなければ。クレアがさっさと出てくれれば、こんな面倒なことにはならなかったのに……)

湧いてきたクレアへの怒りで、王妃の形相《ぎょうそう》が悪鬼のように歪む。

――と、その時。ノックの音がして、先ほどの秘書が恐るおそる入ってきた。

「お、王妃様。急ぎお伝えすることがございます」

なにかしら、と、王妃がつっけんどんに尋ねる。

「さ、先ほど、辺境伯領から知らせがありまして、つい先日、クレア・ラディシュ嬢が発見されたそうです」

王妃は思わずソファから立ち上がった。

「そうなの。一体どこにいたの?」

「小さな村の老人に匿《かくま》われていたそうです」

「……そう」

「はい。それと、こちらは辺境伯様からの親書になります」

執務机の上に、そっと封書を置いて、逃《に》げるように去っていく秘書。

開封して中を読み、王妃は口の右端を吊り上げた。

「ふん。まあ、そうくるだろうと思ったわ」

手紙の内容は三つ。
・クレアが見つかったこと
・本人に意思確認をしたところ、オリバーとの婚約継続を拒否したこと
・取り決めに従って、辺境伯家からオリバーとの婚約解消を正式に申し込むこと
取り決めとは、「クレアが辺境伯領で療養していることにして、行方不明を隠してほしい」という王妃の要望に対し、条件として付けられたもの。

『オリバー王子との婚約継続に関しては、クレアの意思を尊重し、本人が拒否した場合は、婚約を解

消する』

辺境伯はこの取り決めに従って、オリバーとの婚約破棄を要求してきた、というわけだ。

王妃は手紙を床にぱらりと落とすと、ヒールで思い切り踏みつけた。

「田舎《いなか》の辺境伯ごときが、随分偉そうじゃない、え？　でもね、もう手は打ってあるのよ」

ぐしゃぐしゃと、手紙が破けるまで踏みつけると、呼び鈴を鳴らして秘書を呼ぶ。

「手紙を代筆してちょうだい。辺境伯宛てに、『了承したが、直接クレアの意思を確かめさせてほしい』と。――それと」

王妃は、顎《あご》で、踏みつけてボロボロになった手紙を指すと、青い顔の秘書に向かってにっこりと笑った。

「あれを焼き捨てておいてちょうだい。塵《ちり》も残らないように、しっかりとね」

第七章　叙勲式

眼鏡《めがね》の老宰相が、丸められた羊皮紙を広げると、声を張り上げた。

「翠玉《すいぎょく》勲章！　ジルベルト第一王子！」

ここは、王宮内にある、壁一面が黄金色の豪華絢爛《けんらん》な『謁見《えっけん》の間』。今日は、ジルベルトの叙勲式だ。

壇上の宝石が鏤《ちりば》められた椅子《いす》に座っているのは、正装した王と王妃。その横には、薄ピンク色の礼服を着た第二王子オリバーと、光沢のある青いドレスに身を包んだ第三王女ローズが座っている。

式の参列者は、有力貴族と招待貴族、合わせて三十名ほど。

本来であれば、この五倍は参列するのだが、ジルベルトの「時期もずれているので小さく行ってほしい」という要望もあり、最低限の人数となった。この後、その家族も交えた祝賀パーティもあることから、皆、色とりどりの礼服を着て、壇上を囲むように立っている。

「はっ！」

宰相に呼ばれ、ジルベルトが颯爽《さっそう》と壇上に上がる。撫《な》で付けられた黒髪に、強い紫の瞳《ひとみ》、白の正装に、青い宝石のついたカフスボタン。その端正な顔立ちと自信に溢《あふ》れた立ち姿に、貴族たちから拍手と感嘆の声が上がる。

拍手が落ち着くと、宰相が再び声を張り上げた。

「ジルベルト王子は、東の国境沿いにて、多くの尊い命を救い、多大なる功績を残しました。また、騎士団長として……」

次々と並べられるジルベルトの功績を、仏頂面で聞くオリバー。

小さな声でそれを諫《いさ》めながら、王妃は内心顔を歪《ゆが》めた。

(なんて腹の立つ男なのかしら。大人《おとな》しくしていればいいものを)

そして、貴族たちに混じって拍手をしているラディシュ辺境伯を見て、心の中でほくそ笑んだ。

(でも、笑っていられるのも今のうち。まあ、見てなさい)

＊

一方、その頃《ころ》。

王宮にある無数の控室の一つで、紫色のドレスを着て、銀色の髪の毛の一部を緩くアップしたクレアが、姿見の前に立っていた。

「こんな場所、久し振り。緊張するわ」

「大丈夫よ！　とびっきり綺麗《きれい》にしてあげたから」

「ん。クレアきれい」

化粧パレットを持って、楽しそうにクレアの化粧の仕上げをするジュレミと、ドレスを整えるノア。

クレアは、鏡に映る少し不安そうな自分を見つめながら思った。この一年、本当に色々なことがあった。王立学園のパーティで婚約破棄を言い渡されたのが、遠い昔のようだ、と。

(でも、一連の騒動も、今日で終わる)

どういう形で「終わる」のかは分からない。ただ、間違いなく、何人かの人生がここで大きく変わる。

ノアが、テーブルの上に置いてあった、革張りの美しい箱を持ってきた。

「これ、さっき王子様が持ってきた。クレアに、だって」

箱を開けると、そこには見事な真珠の首飾りと髪飾り、ピアスが入っていた。アクセントに、キラキラ光るアメジストがあしらわれている。

クレアは微笑《ほほえ》んだ。

(以前、真珠が好きだって言ったのを覚えていてくれたのね)

ジュレミがにんまり笑った。

「さりげなく紫色を入れているところが健気《けなげ》よねえ。ささ、つけてあげるわ」

そして、髪飾りをつけ終わると同時にノックの音がして、ジルベルトが入ってきた。

見慣れない白の正装姿に、クレアは思わず頰《ほお》を染めて目を逸《そ》らした。

(黒い制服も似合うけど、白もとても素敵だわ)

そんなクレアを見て、ジルベルトが優しげに目を細める。

初々《ういうい》しい二人の様子に、ジュレミがニヤニヤした。

「王子様。女性が着飾っているのよ、何か言うことはないの？」

「……とてもよく似合っている」

「似合っているもいいけど、もう一言欲しいわね〜」

「ん。足りない」

ジュレミとノアに嬉《うれ》しそうにからかわれ、ジルベルトが珍しく本気で困ったような表情を浮かべる。

クレアは赤くなって、二人を制止した。

「大丈夫です。ジルベルト様も困っていますから」

「……まあ、クレアちゃんがそう言うなら？」

「ん。仕方ない」

いたずらっぽく笑いながら引き下がるジュレミと、楽しそうに耳をぴくぴくさせるノア。

顔の赤さに気づかれなければいいけど。と思いつつ、クレアがジルベルトに尋ねた。

「今はどんな感じなのかしら？」

「……ああ。叙勲式が終わって、大広間に移動中だ。じきにパーティが始まる。準備はいいか？」

「はい」と、頷《うなず》くクレア。

その後ろで、「ばっちりよ」と、ジュレミとノアがニコニコしながら親指を立てる。

ジルベルトがクレアに手を差し出した。

「では、行こう」

クレアは緊張しながら、ジルベルトの大きな手に、自らの手をのせた。二人で馬に乗った時とは違うドキドキ感がある。

「行ってらっしゃい。魔法さえ使わなければバレないからね」

「ん。がんばって」

「ありがとう。がんばるわ」

手を振って見送るジュレミとノアに感謝の目を向けて、クレアはジルベルトと共に部屋の外に出た。

部屋のドアを閉め、人気《ひとけ》のない豪華な廊下で二人きりになると、ジルベルトはクレアを優しく見つめた。

「そのドレス、着てくれたんだな」

「ええ。ありがとうございます。この宝飾品もとても素敵です」

クレアは嬉しそうに自分を見下ろした。

以前の彼女は、王妃に押し付けられた地味な紺色のドレスばかり着ていた。きっちりとしたまとめ髪しか許されず、メイクも宝飾品も制限されていた。

しかし、今は、ジルベルトに贈られた最新の流行をおさえた美しいドレスを纏《まと》い、髪は軽く巻いた若々しいハーフアップ。

(ジュレミのメイクも最高だし、ジルベルトが選んでくれた宝飾品も本当に美しいわ。自分が気に入った物を身に着けるのって、こんなに楽しいのね)

ジルベルトは、嬉しそうに微笑むクレアを愛《いと》おしそうな目で見ると、軽く屈《かが》んで耳元で囁《ささや》いた。

「きれいだ。このまま攫《さら》って、どこか遠くへ行ってしまいたいくらいだ」

「……っ」

熱っぽい紫色の瞳を向けられて、クレアは真っ赤になって俯《うつむ》いた。心臓が痛いくらいドキドキする。

そんな彼女の手を優しくとって、ジルベルトがゆっくりと歩き始める。その横を、赤い頬を隠すように足元を見ながら歩くクレア。

そして、次の角を曲がると大広間の入り口が見える、というところまで来て、彼は残念そうに溜息《ためいき》をついた。

「このまま何も憂《うれ》うことなくパーティを楽しみたいところだが、今日は残念ながらやるべきことがある」

「……そうね」

クレアが溜息をつくと、ジルベルトが気遣うように尋ねた。

「不安か？」

「少しだけ」

ジルベルトは立ち止まると、両手でクレアの手をそっと包んだ。

「大丈夫だ」

大きくて温かい手と決意に満ちた力強い言葉に、クレアは彼の強い目を見上げながら思った。この人がいれば、きっと大丈夫だ、と。

寄り添いながら大広間に向かって歩く二人。

人気がほとんどない入り口には、クレアの父親であるラディシュ辺境伯が待っていた。

（お父様！）

久し振りの父親の姿に、走り出しそうになるのを何とか堪《こら》える。

辺境伯は、ジルベルトに挨拶《あいさつ》すると、彼女を見て目を細めた。

「久し振りだな。クレア」

「お久し振りです。お父様」

目を潤ませながら何とかカーテシーをすると、辺境伯が優しい目で彼女を見た。

「手紙でも元気そうだとは思ったが、実物はもっと元気そうで安心した」

「ええ。色々ありましたが、元気にやっております」

そのようだな。と頷く辺境伯の目に涙が光る。

クレアは俯いた。本当だったら、今すぐ抱きついて心配させたことを謝りたい。でも、今は周囲の目がある。

辺境伯が、クレアの頭をそっと撫でた。

「では、行こう。我々が最後だ」

「はい。お父様」

父親の腕に手をかけると、久々に口の端に貴族的な微笑を浮かべるクレア。力強く頷くジルベルトにお辞儀をすると、背筋を伸ばして堂々と会場に入る。

クレアの登場に、大きなどよめきが起こった。

「……あれは、もしかしてクレア・ラディシュ辺境伯令嬢か？」

「まあ！　なんてお美しくなられたのかしら！」

「まるで別人のようじゃないか！」

以前のクレアといえば、優秀そうではあるものの、年配のご婦人が着るような飾り気のないドレスを着た、顔色の悪い地味な娘、という印象だった。

しかし、今の彼女は顔色もよく肌も艶《つや》がある。見事な銀髪を美しく流し、ドレスも装飾品も華やかで、その上品な仕草も相まって、まるで月の女神のようだ。

会場にいた青年の何人かが熱い視線をクレアに送るのを見て、辺境伯が小さく笑った。

「オリバー様と婚約解消をしたら、クレア争奪戦が始まるかもしれんな」

「もう。お父様ったら。冗談が過ぎますわ」

クレアが苦笑する。

そんな二人を見て、貴族たちは囁き合った。

「療養していたと聞いたが、違ったのか？」

「あんなに変わるだなんて、何かあったとしか思えないわ」

クレアは軽く息をついた。

(思った以上に注目されているわね。でも、これでいい)

今後のことを考えれば、思い切り目立つに越したことはない。

そして、父親と共に会場中央に歩いていこうとした、その時。

「クレア、久し振りね」

よく通る女性の声が聞こえてきた。

きたな。と、つぶやく辺境伯。

クレアは、ゆっくりと息を吐くと、ジルベルトが贈ってくれた首飾りをそっと触った。

(大丈夫よ。落ち着いて、クレア)

そして、立ち止まった二人の前方の人混みが綺麗に割れ、満面の笑みを浮かべた王妃がゆっくりと歩いてきた。

「お久し振りでございます。王妃様」

クレアが見事なカーテシーをする。

王妃はクレアから少し距離をとって立つと、軽く眉《まゆ》を顰《ひそ》めて低い声で言った。

「まあ、何かしらね、その浮ついたドレスと髪型は。宝飾品もメイクも品がなさすぎます。私が教えた髪型とドレスはどうしました」

頭を下げたまま、沈黙するクレア。

王妃は仕方のない子ね、という風に溜息をつくと、やや大きな声で優しく言った。

「今回はめでたい席ですから不問にしますが、次回からお気をつけなさい、貴女《あなた》はオリバーの婚約者なのですから」

王妃の言葉に、会場がざわめいた。

「オリバー様とクレア嬢は婚約解消をする予定だと聞いたが、違うのか?」

「クレア嬢が婚約解消しないとなると、次期王太子がオリバー様の可能性も出てくるぞ」

苦虫を噛《か》み潰《つぶ》したような顔をした辺境伯が、一歩前に出た。

「王妃様。よもや我々との約束をお忘れではありますまいな？　もしもお忘れのようでしたら、ここで確認させていただきますが」

暗に、クレアの療養が王家に依頼された嘘《うそ》だったことをバラすぞ、と警告する。

王妃は美しく笑った。

「ええ。もちろん覚えておりますよ。本人の意思を尊重する、でしたわね」

「その通りです」

「では、クレアの意思を、私から確認してもよろしくて？」

「もちろんです」

ありがとう。と、にっこりと笑うと、王妃は頭を下げたまま黙っているクレアに、やや高圧的に命じた。

「顔を上げなさい」

クレアが、はい、と、大人しく顔を上げる。

王妃は彼女の目を真っすぐ見ながら、低い声で言った。

「私は貴女がオリバーとの婚約を継続するべきだと思っているわ。婚約解消なんてもっての外《ほか》よ」

そして、口の端を上げると、優しい声で尋ねた。

「さあ、クレア。貴女の意見を聞かせてちょうだい。もちろんオリバーとの婚約を継続するわよね？」

王妃の優しげだが高圧的な物言いに、周囲を取り囲んでいた貴族たちが眉を顰めた。あれは意思確認というより命令じゃないか、と、つぶやく者もいる。

そんな中、クレアは目を伏せて黙ったままだ。

「さあ、どうなの？　答えて。継続するんでしょう？」

イライラした王妃が、クレアに婚約の継続を迫った、その時。国王の入場を知らせるラッパの音が響き渡った。

「国王陛下のご入場！」

王妃は、軽く眉間《みけん》に皺《しわ》を寄せると、クレアに「分かっているわね」と囁いた。

「いいこと。婚約の継続は絶対。貴女からオリバーとの婚約を継続すると言いなさい」

頭を下げたクレアを鋭く一瞥《いちべつ》し、王妃が立ち去る。

クレアはゆっくりと顔を上げると、ふうっと息を吐いた。

（いつもこんな感じだったわ。こうやって王妃様に命令されると、どんな理不尽な言いつけにも従ってしまう）

父親が心配そうにクレアの顔を覗《のぞ》き込んだ。

「大丈夫か、クレア」

大丈夫ですわ、と、答えながら、クレアは気を引き締めた。さあ、ここからが本番だ。

——その一方。

人垣から離れた壁際で。オリバーが、王妃に噛みついていた。

「母上！　なんで、あの女との婚約を継続することになっているのですか？　断ったはずです！」

王妃は溜息をつくと、小声で言った。

「貴方《あなた》もこの一年で分かったでしょ。正妃はあの子以外ありえない」

オリバーは、ぐっと詰まった。彼もこの一年で思い知っていた。クレアがいかに有能で、自分がどのくらい彼女に頼っていたのかを。

「だからといって、婚約の継続は……っ！」

顔を歪めるオリバーに、王妃が優しく言った。

「正妃なんて名前だけよ。国王になりたいなら女の一人くらい上手《うま》く使いなさい」

「しかし、キャロルは……」

王妃は馬鹿《ばか》にしたように鼻で笑うと、オリバーの横で、誰《だれ》かを探すようにキョロキョロしている紫色のドレスを着たキャロルに、低い声で言った。

「貴女だって、自分程度じゃ王妃が務まらないと、よく分かったでしょう」

キャロルは王妃に向き直ると、悲しそうな顔を作って頷いた。

「はい。よく分かりました。私も正妃はクレアさんが良いと思います」

「キャ、キャロル！」

動揺するオリバーに、キャロルは申し訳なさそうな顔をすると、ぺこりと頭を下げた。

「私ごときにはオリバー様の正妃は務まりません。ごめんなさい」

あっさりとオリバーの正妃の座を捨てるキャロルの言葉に、オリバーがショックを受ける。

王妃が、嘲《あざけ》るような目でキャロルを見た。

「じゃあ、いいわね。正妃はクレア。――で？　貴女は側妃になりたいの？」

「……いえ。こうなった以上、オリバー様のお傍にはいられません」

「そう。じゃあ、このパーティが終わったら、オリバーには近づかないということでいいわね」

「はい」

王子が驚きとショックで目を見張る。

そんな彼に視線も向けず、キャロルがまた誰かを探すように目を動かし始める。

混乱したオリバーが、彼女の肩を掴《つか》んで、「どういうことだ」と、問い詰めようとした、その時。

再びラッパの音が鳴り響き、少し顔色が悪い国王が会場に入ってきた。一緒に入ってくるのは、ジルベルト第一王子。

「ジルベルト様」と、つぶやいて目を輝かせるキャロルを見てオリバーが、信じられない、という顔をする。

国王は、鳴り響く拍手を片手で制すると、ゆっくりと口を開いた。

「遅れてすまない。ジルベルトと少し話し込んでいた」

国王の後ろで、ジルベルトが黙って頭を下げる。

「提案されたのだ。この祝いの席に、一つ祝いごとを追加してはどうか、とな」

思い当たることがなく、貴族たちは首を傾《かし》げる。

国王に促され、ジルベルトは一歩前に出ると、よく通る声で話し始めた。

「七年前の事故で、意識混濁《こんだく》のまま寝たきりとなっていた、私の従妹《いとこ》であるコンスタンス・スタリア侯爵令嬢が、先日意識を取り戻しました。陛下には、この場を借りて、彼女の回復を祝ってはどうかと提案させていただきました」

会場がざわめいた。

七年前の事故と言えば、大雨の日の転落事故。ジルベルトの母である側妃メアリーと、名家の息子たちである騎士八名が亡くなった痛ましい事故だ。

ぬかるみの上を馬が暴走した跡が見られたことから、当時は、「運の悪い事故」として処理されたが、遺族たちはずっとどこかで思っていた。『あれは事故ではなく、故意だったのではないか』と。

とある貴族がつぶやいた。

「唯一の生き残りであるコンスタンス嬢が意識を取り戻したということは、何か覚えているのではないか？」

「もしかすると、何か見た可能性もありますな」

「ああ、私の可愛《かわい》い息子に一体何が起こったの……」

父親と一緒に後方に立っていたクレアは、気を引き締めた。

（いよいよね）

ジルベルトが、会場の入り口に向かって呼びかけた。

「コンスタンス・スタリア侯爵令嬢、こちらへ」

正装姿のフィリップにエスコートされながら、コンスタンスがゆっくりと会場に入ってくる。呪いが解けて一か月。彼女はとても美しくなっていた。長く艶のある金髪に、空のような青い瞳。清楚《せいそ》な白いドレスに上品な仕草。その百合《ゆり》の花のような可憐《かれん》さに、貴族たちから、ほう、と、溜息が漏れる。

貴族たちが見守る中、ややぎこちなく壇上に向かって歩くコンスタンス。壇の下で待っていた第三王女ローズに向かって丁寧にお辞儀をすると、差し伸べられたローズの手をとって、壇上に上がった。

「陛下。ご無沙汰しております」

「ああ。よくぞ無事でいてくれた」

緊張したようにカーテシーをするコンスタンスに、国王が目を細める。

そして、彼女は人々の方を向いて一礼すると、祈るように手を組みながら、震える声で話し始めた。

「……ずっと、意識をきちんと取り戻したら、皆様にお伝えしなければならないと思っていたことがあります。メアリー様と私を守ってくれた騎士たちは、最後まで本当に勇敢に戦ってくれました。この場を借りてお礼を言わせていただきたいと思います。本当に、ありがとうございました」

目に涙をためながら、コンスタンスが深々と頭を下げる。

事故で息子を亡くした貴族が、たまらずといった風に声を上げた。

「待ってくれ！　息子は事故で亡くなったのではないのか？」

「……事故ではありません。私たちは襲われたのです」

コンスタンスの告白に、会場が水を打ったように静まり返る。

彼女は、つっかえながら当時の状況を話し始めた。

「あの日は、大雨でした。騎士の方が『急ぐと危険だ』と言って、馬車はゆっくりと走っていました。そして、崖の近くまで来た時、急に馬車が止まったのです」

何事かと窓の外を見ると、馬車の進行方向に、紺のローブを着た女性が現れたという。

「騎士が女性に何かを尋問しましたが、女性は答えませんでした。そして、次の瞬間、女性が何かを叫び、馬車を引いていた馬が突然暴れ出しました。何人かの騎士が女性に向かって剣を抜きましたが、乗っていた馬が次々と暴走して、騎士たちは崖から落ちていきました」

騎士の母親と思われる貴婦人が、顔を押さえて泣き崩れる、
コンスタンスは、ギュッと手を握った。

「騎士たちは必死で馬車が崖から落ちるのを止めようとしてくれました。でも、馬が暴走している状態では、どうすることもできず……」

コンスタンスの頬を涙が伝った。

「馬車のドアが開かず、私たちは馬車ごと崖から転落しました。メアリー様が私を庇《かば》ってくださって、私は何とか一命を取り留めました。騎士の何人かが生きていて、けがをしているにもかかわらず、必死に私を助け出してくれました。でも、すぐにローブの女性が現れて……。騎士たちが動かなくなりました」

シンと静まり返る会場。あちこちで、女性がフラフラと倒れ込む。

コンスタンスは、ローズに支えられながら、必死に話を続けた。

「ローブの女性は、恐怖で動けなくなっている私を見てつぶやきました。『こんな小さな子供がいる

なんて聞いていない』と。そして、私の頭に触って言いました。『あんたはまだ幼い。殺すには忍びないから、運に任せよう。あんたの運が良ければ、誰かがこの魔法を解いてくれるだろう。恨むならあんたの国の王妃様を恨みな。王妃様にとってあんたたちは邪魔なんだよ』と」

そんな中。

突然飛び出た王妃の名前に驚愕《きょうがく》し、再び会場は騒然となった。

「……何を言い出すかと思えば、随分ね」

壁際に立っていた王妃が、悲しそうな顔で壇上の近くに歩み寄ると、潤んだ目でコンスタンスを見上げた。

「なんてことを言うのかしら。とんだ濡《ぬ》れ衣《ぎぬ》だわ。七年ぶりに出てきたと思ったら、一体何を言い出すのよ。何か証拠でもあるの？」

（今ね）

クレアは大きく息を吸い込むと、声を張り上げた。

「私も聞きました」

一斉にクレアの方を振り向く貴族たち。

「私が十歳の頃。王宮で、王妃様と紺色のローブを着た赤毛の女性が話しているのを聞きました。『憎たらしいメアリーを事故に見せかけて始末できた。これで次期王太子はオリバーのものだ』と」

王妃が、引きつった笑みを浮かべた。

「何を言っているの。その時に聞いたのなら、なぜ今更言い出すの」

「覚えています。王妃様ですよね。『この娘は使えるから、この記憶を消して、私の言葉を絶対に信じて逆らえない魔法をかけておけ』と、赤毛の女性に命令したのは」

あちこちで息を呑《の》む声が聞こえる。

とあるご婦人が、隣にいる夫に囁いた。「確かに、先ほどの、王妃様のクレア嬢に対する高圧的な態度は異常でしたわね。あれはおかしいと私も思いましたわ」

「逆らえない魔法って……、まさか魔女か⁉」

「絶対にそうよ！　そんな不吉な魔法を使えるのは魔女しかいないわ」

「まあ、なんて汚らわしい！」

会場が魔女に対する嫌悪感で埋めつくされる。

そして、誰かがぽつりと言った。

「そういえば、クレア嬢は王妃様を盲目的に信じすぎていると思ったことが何度もあったな」

「私も、王妃様はやりすぎだと思っていましたわ」

「あれが魔女の魔法が効いていたと思えば説明がつくな」

会場のあちこちでされる、同様の話。

王妃が口の端を上げた。

「七年前に聞いたなんて、そんな話が信じられると思っているの？　貴女一人の記憶なんて証拠とは言わないのよ」

「では、なぜ私はこれまで七年間、王妃様に逆らえなかったのですか？」

「そ、そんなもの、知らないわよ！」

鋭い目でクレアを睨《にら》みつける王妃を、静かに見返すクレア。

黙って聞いていた国王が、大きな溜息をついた。

「もう良い」

そして、ローズに真っ青なコンスタンスを休ませるように指示すると、ローブの内ポケットから小さな水晶球を取り出した。

「これに見覚えはないか？」

王妃が一瞬で色を失う。

国王は静かに言った。

「中には、お前と赤毛の魔女が結んだという契約内容が入っている。ここに来るのが遅れたのは、お前の部屋を探していたからだ」

「う、嘘っ！」

「嘘ではない。しかと見たぞ。『側妃暗殺に手を貸せば、森を焼くのをやめてやる』とな。……言い訳は、尋問官にするといい」

王妃が、カッと、悪鬼の如《ごと》く目を見開いて叫んだ。

「なによ！　なんなのよ！　貴方たち！　こんなことをして許されると思っているの！」

狂ったように喚《わめ》き出す王妃を、騎士二人が両脇から抱えて、有無《うむ》を言わさず会場から連れ出す。

「触らないで！　無礼者！　あんたたちなんて――……」

王妃の喚き声が遠ざかっていくのを聞きながら、呆然《ぼうぜん》とする貴族たち。

国王は、彼らに頭を下げた。

「当時、暗殺ではないかという話があったが、政局不安になることを恐れ、事故で処理させたのは私だ。この場を借りて詫《わ》びさせてほしい」

突然の国王の謝罪に、会場が再び静まりかえる。

厳しい顔つきで、会場を後にする国王。

そのどこか寂しげな後ろ姿を見送りながら、クレアはつぶやくように思った。これで呪われた七年間がやっと終わったのね、と。

＊

国王が退出した後。慌てた様子の宰相が現れて、出席者全員に箝口令《かんこうれい》が敷かれた。

「全員しばらく、この場に残るように」と、指示されたものの、亡くなった騎士の関係者と思われる何人かのご婦人がハンカチで顔を隠しながら、たまらず席を立つ。残った者たちは、食事をつまみながら、思い思いの話に没頭した。これだけの大事件だ、大きな変化が起こるに違いない。と。

クレアは、別室で諸手続きを済ませた後、父親に「少し風にあたってきます」と言い残し、一人会場のバルコニーに出た。

（はあ。やっぱりこういう場所は疲れるわね）

大理石の手すりに寄りかかって、色とりどりの春の花が咲く庭園をながめる。考えるのは、師匠である赤髪の魔女ラームのこと。

(『あんたには借りがある』とは言っていたけど、まさかこんなこととは、夢にも思わなかったわ)

思い返してみれば、ラームはよく「呪い」という言葉を口にしていた。送られてきた珍しい素材の中に、解呪薬の材料が全て含まれていた。

(もしかして、急に素材集めの旅に出たのは、私に呪いを解かせるためだったのかしら)

そんなことを、つらつらと考えていると、

「クレア」

突然、後ろから声をかけられた。振り向くと、バルコニーの入り口に、ジルベルト、フィリップ、コンスタンスの三人が立っているのが目に入る。

コンスタンスが、美しい金髪を揺らしながら頭を下げた。

「二人から聞きました。助けていただいてありがとうございました」

その可愛らしい仕草に、クレアは微笑んだ。

「いえいえ。とんでもないですわ。お陰で私も自分が呪われていることに気がつけましたし」

「そうなのですね……。お互い辛《つら》い思いをしましたわね……」

「そうですわね……」

ほうっ、と、同時に溜息をついて、二人ともつい笑いだす。

楽しそうに笑うコンスタンスを見て、こんなに綺麗な人だったのね。と、思うクレア。

（性格もとても良さそう。私、この人のこと好きだわ）

クレアが尋ねた。

「もう大丈夫なのですか？」

「ええ。お陰様で。少し熱が出たこともありましたが、フィリップ様にずっと看病していただいたお陰で、すぐに回復いたしました。体力も随分つきましたわ」

毎日朝晩の散歩に付き合ってくださいますのよ。と、嬉しそうに言うコンスタンスに、フィリップが照れたようにそっぽを向く。

和《なご》やかな空気が四人の間を流れる。

しかし、この平穏と平和は、一瞬で崩れ去ることになる。

「まあ！　ジルベルト様！　こんなところにいらっしゃいましたのね！　探しましたわ！」

甘ったるい声を出す女性がバルコニーに入ってきたからだ。

クレアは思わず咳《せ》き込みそうになった。

（え!?　キャロル嬢？）

そこには、なぜか紫色のドレスを着たキャロルが立っていた。

ジルベルトが黙って眉を顰め、フィリップとコンスタンスが驚いたような顔をする。

キャロルは、両手を胸の前で組むと、目を潤ませてジルベルトを見上げた。

「王妃様があんなことをされるだなんて、私、悲しくて……。ジルベルト様もお辛かったでしょう？」

ジルベルトが、黙って鋭い目でキャロルを見据える。

そんな視線など物ともせず、キャロルはにっこり微笑むと、今度はクレアの方を向いた。

「クレア様。オリバー様とのことはごめんなさい。お二人のご結婚、祝福しますわ」

クレアは目をぱちくりさせた。

「……ええっと、よく分からないのだけど。貴女、オリバー様と結婚するんじゃなかったの？」

「クレア様じゃなきゃ正妃は務まらないって気がついたんです。本当にごめんなさい。正妃、がんばってくださいね」

「は？」

「何か勘違いしているようですが、オリバー様との婚約は、先ほど解消してまいりました」

申し訳なさそうな顔を作って、ぺこりと頭を下げるキャロルに、クレアは溜息をついた。

ぎょっとしたような顔をするキャロル。

「嘘っ！」

「嘘ではありません。さっき、書類に署名してきました。オリバー様は先に署名されていたので、婚約解消成立ですわ。オリバー様と私は、もう何の関係もありません」

キャロルは、目を三角にしてクレアを睨みつけた。

「貴女！　また私に嫌がらせしようとしているのね！　なんて性格がひねくれているのかしら！

——ジルベルト様なら分かってくださいますよね⁉」

上目遣いのキャロルがジルベルトに抱きつこうとする。

ジルベルトは無言で体を斜めにしてそれをよけると、クレアを抱き寄せた。

「キャロルといったな。お前は、クレアのドレスと宝飾品を見て、何か気がつかないのか？」

キャロルが、初めて見るような顔で、クレアを上から下までながめる。そして、その紫のドレスと、ジルベルトの瞳の色であるアメジストをあしらった宝飾品を見て、般若《はんにゃ》のように顔を歪めた。

「ジ、ジルベルト様は間違っています！　私の方が、こんな女よりずっと優れています！」

ジルベルトの目が剣呑《けんのん》に光った。

「……お前のどこがクレアより優れている？　容姿でも能力でも心根でも、クレアに敵《かな》うところがあるなら言ってみろ」

フィリップが、面白そうに、ひゅう、と、口笛を吹く。

クレアは目を見開いた。抱き寄せられたのも驚いたが、まさかジルベルトがこんな風に庇ってくれるとは夢にも思わなかったからだ。

キャロルがめげずに叫んだ。

「私の方が、ずっと心が豊かですわ！」

「心が豊かな者が、人をいじめるのか？」

「なっ！」

「派閥を作って気に入らない令嬢を退学寸前まで追い込んだそうだな。俺が知らないと思ったら大間違いだ」

話にならない、とばかりに、切り捨てると、ジルベルトは驚きすぎて固まっているクレアの腰を強く抱き寄せながら、キャロルを見据えた。

「クレアは、俺が会った中で最も素晴らしい女性だ。お前などとは比較にもならない。彼女を侮辱することは、俺を侮辱することと同じだ。たとえ相手が女性でも容赦するつもりはない」

「でもっ！　私もジルベルト様も、同じ選ばれた人間なんですっ！」

キャロルが、絶叫しながら、青筋を立ててクレアを睨みつける。

「いやあ、同じ人間とは思えないほど言葉が通じないねえ」と、フィリップがおかしそうにつぶやく。

――と、その時。

「失礼する」

突然、オリバーが、バルコニーに入ってきた。

彼は、ジルベルトを見ると、唇《くちびる》を噛んで頭を下げた。

「……母が、本当にすまなかった」

「いや。気にするな。お前は関係ない。それに、謝るならクレアにだろう」

冷たく言うジルベルトに、オリバーが素直に頷いた。

「そうだな……。クレア、すまなかった」

しおらしく頭を下げる元婚約者を見て、クレアは驚愕した。あの傲慢で我儘《わがまま》なオリバーが、まさか自分に頭を下げるとは！

（……でも、なんだか雰囲気が異様だわ。こんなオリバー様、見たことがない）

気味の悪いものを感じて、クレアが思わず身震いする。

オリバーは、無表情に顔を上げると、キャロルを見て口の端を吊《つ》り上げた。

「今、話をしてきたんだが、母は東方の修道院に入ることになるそうだ。父は、私にその修道院がある村の統括を任せてくれてね。すぐにでも行こうかと思っているんだ。もちろん君も一緒に来てくれるね？」

いつもと違うオリバーの雰囲気に、キャロルが怯《おび》えたように後ずさりした。

「何を言っているの？　私がそんな田舎《いなか》に行くわけないじゃない。それに、さっき王妃様と確認したじゃない。私と貴方はもう無関係よ」

オリバーが、母親によく似た顔でにっこり笑った。

「いや。行くよ。君と僕は婚約したからね。父から許しが出たんだ。君の父親も喜んでサインしてくれたよ」

「え？　一体何を……」

戸惑うキャロルに、オリバーが微笑みかけた。

「君は僕を愛してるんだろう？　来てくれるね」

オリバーの異様な表情に、キャロルが怯えて叫んだ。

「い、嫌よ！　ジルベルト様！　助けて！　クレア！　あんたが行きなさいよ！」

ジルベルトが、クレアを庇うように、背中に隠す。

半狂乱になるキャロルの腕を、オリバーが笑顔で掴んだ。

「さあ、行こう。向こうに行ったら、誰にも邪魔されない二人だけの生活だ。今から楽しみだよ」

「いやよ！　いや！　助けて！　誰か！　ジルベルト様！」

泣き叫びながら、笑顔のオリバーに庭園側に引きずられていくキャロル。

「荷物は後から送ってもらえるから、すぐに行こう。そうすれば、君の目には僕しか見えなくなる」

幸せそうに微笑みながら、後ろも見ずに庭園を歩いていくオリバー。

その後。王都で二人を見た者は誰もいない。

そして、ほどなくして。

王妃の療養が発表され、魔女ラームが指名手配された。

第八章 準備

「本当に行ってしまうのね」

叙勲式の一週間後。柔らかい風が木々の幼い緑をゆする、春の午後。庭の片隅にある東屋《あずまや》で、クレアは、ジュレミとノアと一緒にお茶を飲んでいた。

「はい。ずっと前から決めていたんです。お金が貯まったら旅に出ようって。それに、この家も近いうちに住めなくなるでしょうから、新しい住居を見つける必要もありますし」

「……そうね。寂しいけど、仕方がないわね」

溜息《ためいき》をつくジュレミに、クレアが頭を下げた。

「改めてお礼を言わせてください。王宮まで来ていただいて、本当にありがとうございました」

「何を言っているのよ。大した話じゃないわ。ラームにも頼まれていたしね。『クレアが魔道具の件で困っていたら、絶対に助けてやってくれ』って。――多分、こうなることを予想していたのでしょうね」

呪いが解けた、その日。クレアは全てを思い出した。七年前に王妃の部屋で、王妃と魔女ラームが暗殺の話をしていたのを聞いたこと。ラームに記憶を消され、王妃に逆らえなくなる魔法をかけられたこと。

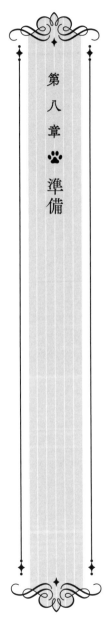

今回の告発の鍵《かぎ》となった契約玉は、クレアがラームの部屋から見つけ出した。

本来であれば、契約玉は契約者にしか見ることができない。それを他人にも見える形に改造したのは、製作者であるジュレミである。

また、彼女はノアと共に「クレアの化粧担当」として王宮に出向き、王妃の部屋から、ラームの契約玉と対《つい》になる契約玉を見つけ出してくれた。彼女たちの協力がなければ、王妃を追い詰めることはできなかっただろう。

クレアが沈痛な面持《おもも》ちで口を開いた。

「……契約玉を最後まで見ました。師匠はこの森の所有者である王妃の実家から、森と家を守るために、暗殺を引き受けたんですね」

「そうみたいね。……擁護するわけじゃないけど、ラームもきっと辛《つら》かったと思うわ」

ジュレミがやるせなさそうに溜息をつく。

クレアは俯《うつむ》いた。ラームの話では、この森のどこかに彼女の恩人であり師匠である先代魔女が眠っているという。きっとそれも含めて森を守りたいと思ったのだろう。

しかし、彼女がそこまでして守りたかった森と家の状況はあまり良くなかった。

王妃の実家である公爵家の降格に合わせ、貴族たちからは焼いてしまえという声が上がっているらしい。重罪人として指名手配されている魔女が住んでいた森など不吉すぎる、と。

(残念だけど、この森は近いうちになくなってしまうでしょうね)

クレアにできることといえば、製薬関係の道具と、ラームが大切にしていたものを、ジュレミの家に運ばせてもらうくらい。

何とも言えない気分で黙り込むクレアの服の袖を、ノアが心配そうに、つんつん、と引っ張った。

「クレア、元気出して」

「そうよ。クレアちゃんは何も悪いことはしていないもの」

二人の言葉に、クレアは顔を上げて微笑《ほほえ》んだ。

「ありがとうございます。——そうですよね。これから忙しくなるもの。元気出さないと」

ジュレミが、頬杖《ほおづえ》をついて尋ねた。

「そういえば、あのジルベルトっていう王子様と、あんな形で別れて良かったの？　プレゼントを全部返却して、置手紙でお別れなんて、お互いが一番傷つくパターンよ」

クレアは目を伏せた。

「……お別れが、どうしても言えなくて」

「お別れしなくたっていいじゃない。あの王子様、明らかにクレアちゃんにべた惚《ぼ》れだったわよ」

「ん。クレアのことが大好きなにおいだった」

クレアは苦笑いした。最後の最後で、ようやく彼女も理解した。ジルベルト様も私のことが好きなんだわ、と。

（でも、どうしようもないのよね……）

今回の件で、ジルベルトが次期国王になるのは、ほぼ確実。一方のクレアは忌《い》み嫌われる魔女。

もちろん、彼女も考えた。魔法さえ使わなければ、魔女とはバレないかもしれない。もともと魔法が使えないのだから、使わずに普通の人間として彼のそばにいられないだろうか、と。

（でも、なんの拍子にバレるか、分からないのよね）

万が一魔力が暴走すれば、分かる者には分かってしまう。そうなった時に困るのは、クレアよりもジルベルトだ。国王が魔女をそばに置いていた、なんてバレたら、大変なことになる。

（どう考えても、もう会わない方がいい）

クレアは、風に揺れる森の木々をながめながら、口を開いた。

「ジルベルト様は、いつも私を助けてくれました。また男性を信じてもいいかもしれないと思えたのは、彼のお陰です。だから、彼の足を引っ張るような真似《まね》はしたくないんです。彼はきっと立派な国王になると思います。その横には、きっとコンスタンスさんのような可愛《かわい》らしくて賢い女性が合うのだと思います」

「……そう」

やるせなさそうな顔をするジュレミに、クレアが、いたずらっぽく微笑んだ。

「それに、私、久し振りに社交界に出て気がついたんです。私には貴族よりも自由な魔女の方が合っているなって」

ジュレミが微笑んだ。

「ふふ。そうね。貴族令嬢もなかなか様になっていたけど、貴女《あなた》は自由が似合うわね」

その後、三人は、作っておく薬や道具の運び込みのタイミングなど細々したことを相談する。

「また手伝いに来るわね」と言い残して帰っていく、ジュレミとノア。

その後ろ姿に手を振りながら、クレアは小さくつぶやいた。

「ありがとう。ジュレミさん、ノア。私も早く忘れて元気にならないとね」

＊

そこから出発までの二週間、クレアは仕事に没頭した。

作っておかなければいけない薬もたくさんあるし、ジュレミの家に運ばせてもらう物も山ほどある。

幸い、荷物の片づけは、苦手なクレアに替わってノアが担当してくれたので、クレアはストックしてある素材を使いきる勢いで、製薬しまくった。

山のように積み上がっていく薬箱を見て、ジュレミとノアに体調を心配されたが、クレアは笑顔で「大丈夫です」と、返事をした。

（だって、これくらいしないと、彼のことを考えてしまうもの）

考えてしまうのが怖くて、寝る時間とノアとジュレミとお茶をする時間以外は、薬のことだけを考える日々。


そして、叙勲式から一か月後。

朝焼けがにじむように空に広がる早朝。小さな旅行鞄《かばん》を持ったクレアが、ラームの家の前に立っていた。

「……この家とも、もうお別れかもしれないわね。一年間ありがとうね」

赤い屋根を見上げながらつぶやくと、家のドアを軽く撫《な》でて、転移小屋に向かう。

朝靄《もや》に包まれた小屋の前には、既にジュレミとノアが待っていた。

「ん。クレア来た」

「あら、荷物はそれだけなの？　大丈夫？」

「はい。大丈夫です。この鞄、見かけより入るんです」

「どこに行くつもりなの？」

「辺境伯領を目指すつもりです。途中で本で読んで行きたかった場所にも寄れたらと思っています」

そんな会話をした後。ジュレミが笑顔でクレアを抱きしめた。

「行ってらっしゃい。たまに来て、風を通したりしておくわ」

「ん。畑の世話もしておく」

ノアがクレアの腰に抱きつく。

ありがとうございます、と、クレアが二人を抱きしめ返す。そして、首を傾《かし》げた。

「なんだか、二人とも機嫌が良いですね」

「そりゃそうよ。大切な友だちの門出だもの。機嫌も良くなるわ」

「ん。今日はいい日」

珍しくノアがニコニコと笑う。

クレアは嬉《うれ》しくなった。なんて良い友人を持ったのだろう。

ジュレミが笑顔で持っていた布包みを差し出した。

「これ、お菓子とか食べ物が入っているわ。道中食べて」

「こんなにたくさん！　ありがとうございます！」

「大した量じゃないわよ。遠慮せずに食べてね」

ありがとうございます。と、包みを受け取ると、クレアはポケットから封書を取り出した。

「あの。もしも師匠に会うことがあったら、これ、渡してもらえませんか」

ジュレミが目を見開いた。

「これ、手紙？」

「はい。今までのお礼とか、そういったことが書いてあります」

クレアは目を伏せた。

「師匠がしたことは許されないことです。でも、私を助けてくれたことは事実で。だから、そのお礼は伝えたいなと思って」

そう。と、ジュレミが切なそうに目を細める。

クレアは溜息をついた。

「本当は、直接会って言いたいんですけど、師匠はもう私に会うつもりがないような気がするんです。でも、ジュレミさんとは会うかもしれないので、もしも会ったら渡していただければと」

「……そうね。分かったわ。その時が来たら、絶対に渡すわ」

「はい。お願いします」

悲しげな微笑を浮かべながら手紙を受け取るジュレミ。そして、切り替えるようにクレアの背中をそっと押した。

「ささ。名残惜《なごり》しいけど、キリがないわ。早く行きなさい」

「ありがとうございました。では、また」

「ん。クレア。がんばって」

ニコニコ笑う二人に手を振りながら、クレアは小屋の中に入った。軽く息を吐くと、森の入り口行きの魔法陣に手を置いて、ゆっくりと魔力を流し始める。魔法陣が鈍い金色に光り始める。そして、徐々に空気が歪《ゆが》み――、数秒後。彼女は入り口が蔦《つた》に覆われている、湿っぽくて薄暗い洞窟の中に立っていた。

（さあ、いよいよ旅の始まりね）

用心しながら蔦を掻《か》き分けて外に出て、彼女はピシリと固まった。

（……え？）

そこにいたのは、青紺色の外套《がいとう》を羽織った、端正な顔立ちの黒髪の青年。彼――ジルベルトは、クレアを見ると、目を細めて穏やかに微笑んだ。

「おはよう。クレア」

何が起こったか分からず、呆然《ぼうぜん》とするクレア。そして、次の瞬間、心の中で絶叫した。

（や、やられた！）

彼女の頭の中で、ジュレミとノアのニヤニヤ顔が浮かんだ。

エピローグ　旅立ち

黒髪に端正な顔立ち。アメジストのような紫の瞳《ひとみ》と、青紺色の外套《がいとう》。

緑の木々の間に静かに立つ、絶対にそこにいるはずのない人物の姿に、クレアは天を仰いだ。

（なんてことなの！　最後の最後にやられたわ！）

犯人は分かっている。ジュレミとノアだ。あの二人が、何らかの方法でジルベルトに出発日時を教えたに違いない。

そんな彼女を、ジルベルトが紫色の瞳で穏やかに見つめる。見慣れない青紺色の外套を羽織っているせいか、いつもより少し若く見える。

気まずいことこの上ないものの、見ないふりをするわけにもいかず。彼女は軽く深呼吸すると、何とか笑顔を浮かべた。

「ええっと、おはようございます。ジルベルト様。――なぜ、ここに？」

「隣国の魔女の店に行って、魔女ジュレミに頼み込んだんだ。どうかクレアと連絡を取らせてほしいと。それで、今日の早朝出発すると教えてもらった」

庇《かば》うような言い方をしているが、ジュレミのことだ。自分から喜んで話したに違いない。

友人のニヤニヤ顔が目に浮かび、はあっ、と、片手を額に当てる。

ジルベルトが、どこか楽しそうに微笑《ほほえ》んだ。

「今日ここにいる理由だが、実は、三つほど報告があるんだ」

「報告？　三つ？」

クレアは首を傾《かし》げた。報告されるようなことが、何一つ思い当たらない。敢《あ》えて挙げれば、コンスタンスとの婚約だが、ジルベルトの性格からいって、いちいち報告するとは思えない。

(何なの？　全く想像がつかないわ)

いぶかしげな顔をするクレアに、ジルベルトが微笑んだ。

「まず一つ目は、この森の所有者が、俺《おれ》になったことだ」

「……え？」

予想外すぎる内容に、クレアがきょとんとした顔をした。

「受勲の褒美としてもらったんだ。王妃の実家が取り潰《つぶ》されて宙に浮いた土地だったし、暗殺されそうになっていた件もあったから、特に文句も出なかった」

「……もしかして、この森は残るの？」

「ああ。燃やすべきだという意見もあったが、次の領主に委《ゆだ》ねようという話になった。そして、俺は燃やすつもりはない」

クレアが目を丸くしてジルベルトを見上げる。

そんな彼女に愛《いと》おしげな視線を送ると、彼は軽く微笑みながらゆっくりと口を開いた。

「二つ目の報告は、俺が長期休暇を取ったことだ」

これまた予想外、と、クレアは目をぱちくりさせた。

「長期休暇？　……二週間とか？」

「いや。三か月だ」

「え！　三か月！」

驚くクレアに、ジルベルトが楽しそうに微笑んだ。

「実は、とある無謀な女性が一人旅に出るらしくてな」

「ふ、ふうん」

「彼女は、いつも北と南が分からなくなるのに、迷わず旅ができると信じているらしい」

「……」

それって完全に私のことじゃない！　と、クレアが黙り込む。

そんな彼女を見ながら、「心配だから一緒に行こうと思って、休みを取った」と、ジルベルトが、いたずらっぽく笑う。

クレアは、片手を額に当てながら、もう片方の手で「待って」と、彼を止めた。

「でも、騎士団長業務がなくても、王太子業務があるわよね？」

父親である辺境伯の手紙には、ジルベルトが王太子でほぼ決まりだと書いてあった。さすがの彼でも、王太子になってすぐに休むのは難しいだろう。

そんなクレアの考えをよそに、ジルベルトがあっさり言った。

「王位継承権なら、放棄した」

「え！」

「もともと国王になるつもりはなかったが、母上の事件を追うために王位継承権を放棄しなかっただけだ。だから、事件が解決すれば放棄するのは決めていたことだ」

「え、じゃあ、誰《だれ》が？」

「ローズだ。俺に遠慮して名乗りを上げていなかったんだが、俺が放棄すると聞いて、手を挙げることにしたらしい。周囲も大喜びだ」

「コンスタンスさんは？　婚約者候補じゃないの？」

「コンスタンスは単なる幼馴染《おさななじみ》だし、彼女の想い人はフィリップだ」

「え！　そうなの？」

「ああ。献身的に尽くしてくれたフィリップに恋に落ちたらしい。フィリップもコンスタンスのことを好いているようだから、いわゆる相思相愛というやつだな」

驚きすぎて、口をぱくぱくさせるクレア。そして、ジルベルトが「三つ目は……」と、言うのを聞いて、思わず身構えた。一つ目でも十分驚いたが、それをさらに上回る二つ目。三つ目は、更にとんでもない内容に違いない。

表情がくるくる変わるクレアを見ながら、ジルベルトが愛しげに目を細める。

そして、彼は跪《ひざまず》くと、驚く彼女の手を取った。温かい大きな手が、彼女の少し冷えた手を優しく包み込む。

「三つ目は……」

ジルベルトのアメジストのような瞳が、クレアを射抜いた。

「君に求愛しにきた」

「……っ」

クレアは思わず息を呑《の》んだ。まるで世界から音が消えたような感覚に包まれる。自分を真っすぐ見つめる澄んだ瞳に吸い込まれそうになりながら感じるのは、全身が震えるほどの喜び。

しかし、彼女は辛《つら》そうにジルベルトから視線を外した。

「嬉《うれ》しいわ。とても嬉しい。……でも、私は魔女なの」

ジルベルトが微笑んだ。

「もちろん知っている。自由が似合うことも、魔女であることも、全部含めて、君を愛している」

「……でも、一緒にいたら、色々言われるわ」

「黙らせればいいだけだ。それに、言われないようにする方法はいくらでもある」

真摯《しんし》な瞳が、クレアの心を揺さぶる。

ジルベルトは、クレアの手にそっと口づけると、強い目で彼女をとらえた。

「全部ひっくるめて君を愛している。君と君の自由を守らせてくれ」

クレアの体が喜びで震える。自分の心を包んでいた氷が解けて芽吹くのを感じながら、彼女はくすりと笑った。

「ふふ。一人でいるより、二人でいた方が自由だなんて、不思議ね」

そうだな。と、ジルベルトが目を細める。再びクレアの手に口づけると、頬《ほお》を染めるクレアに、楽

しげに微笑みかけた。

「まず、手始めに、旅の護衛役を務めたいと思いますが、よろしいでしょうか、魔女殿」

「はい。北がどちらかも分からない方向音痴ですが、よろしくお願いします」

「では、お手を。馬がいるところまでお連れします」

ジルベルトが、地面に置いてあった荷物を手に取り、もう片方の手をクレアにそっと差し出す。

その大きな手につかまりながら、クレアは幸せそうに微笑んだ。

「はい。不束者《ふつつか》ですが、末永くよろしくお願いします」

穏やかな春風に吹かれながら、手をつないで歩き出す二人。会えなかった日々を埋めるように、話し合い、笑い合いながら、森の中を歩いていく。

美しい木漏れ日が祝福するように、彼らの後ろ姿を照らしていた。

旅立ち、その後１　魔女ジュレミは思い出す

時は遡って。

クレアがジュレミとノアに見送られて、転移小屋から森の入り口に転移した後。ジュレミは、ふう、と、息を吐いた。

「……行ったわね」

「ん。行った」

コクリと頷《うなず》くノア。ジュレミが、クスリと笑った。

「ふふ。今頃《いまごろ》、洞窟の外で待っている王子様に驚いている頃かしら」

「ん。多分、すごく驚いてる」

「まったく。手間のかかる二人よねえ」

「ん。手間がかかる。でも、知らないフリするの楽しかった」

ノアが、耳をぴくぴくさせながら楽しそうに言う。ジュレミは、その艶《つや》やかな黒髪を撫《な》でながら微《ほほ》笑《え》んだ。

「私たちができるのはここまでね。あとは、二人の幸せを祈りつつ、クレアちゃんが作ってくれた薬を持って帰りましょう」

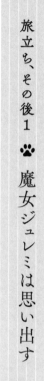

「ん。了解」

転移小屋を離れ、預かった鍵《かぎ》を使ってラームの家に入ると、ノアがジュレミを振り返った。

「じゃあ、行ってくる」

「一人で大丈夫？」

「ん。大丈夫。任せて」

ノアがしっぽをゆらゆらさせながら作業場に向かう。

その後ろ姿を見送った後、ジュレミは、ふと、二階に上がる階段を見上げた。

「……そういえば、もう七年くらい二階に上がっていないわね」

磨き込まれた手すりを軽く撫でると、ゆっくりと階段を上がっていく。二階に到着すると、一番奥にあるラームの部屋のドアを開いた。

「ふふ。全然変わってないわね」

木製のベッドにクローゼット、ドレッサー、窓際の赤い椅子《いす》。窓枠に吊《つ》り下げられている、随分前にジュレミがプレゼントした古いガラスランプ。びっくりするくらい昔と一緒だ。

そっと中に入って、昔のようにベッドに腰掛ける。そして、いつもラームが座っていた窓際の赤い椅子の方を向くと、ジュレミは小さくつぶやいた。

「……ねえ、ラーム。私は間違っていたのかしら」

ジュレミがラームに初めて会ったのは約二十年前。付き合いのあった製薬ができる魔女が引退するにあたり、新たな取引相手として紹介されたのがラームだった。

年齢が近いこともあり、二人はすぐに仲良くなった。一緒に旅に出たこともある。魔女の友人は貴重だ。これからも親友として助け合っていくのだろう、と、ジュレミは思っていた。

しかし、約七年前。二人の関係を変える出来事が起こった。ラームが突然店に現れて、「精神操作を強化する魔道具を作ってほしい」と、依頼してきたのだ。

ラームの属性は闇。精神操作は得意分野だが、本当に操作できるのは、動物や子供くらい。魔力の高い大人《おとな》にはかかりにくいし、すぐに解けてしまう。精神操作を強化する魔道具の製作依頼は、魔力の高い大人を操ろうとしていることを意味する。

驚いたジュレミは、その場で断った。ただでさえ禁忌《きんき》扱いの精神魔法を強化する魔道具など作れるはずがないと思ったからだ。

そして、その日からラームの態度が変わった。表面上はいつも通りだが、どこか拒絶されるようになってしまった。

「あの時は、何が何だか分からず、落ち込んだわね」

ベッドに倒れ込んで、天井を見上げながら、ジュレミは溜息《ためいき》をつく。

今なら分かる。あの時。ラームは、王妃と王妃の実家である公爵家に「暗殺に手を貸さなければ、森を焼くぞ」と脅されていたのだろう。魔道具を欲したのは、王妃と公爵を操って、森を守ろうとしたに違いない。

しかし、ジュレミに魔道具の製作を断られて、為《な》す術《すべ》がなくなり、暗殺に手を染めた。それがどこか後ろ暗くて、ジュレミと上手《うま》く付き合えなくなったのだろう。

ジュレミは、溜息をついた。

「あの時、魔道具を作るべきだったのかしら。ううん、違うわ。もっとちゃんと事情を聞くべきだったのよ。そうすれば、一緒に何とかする方法を考えられた」

痛む心と、湧き上がる後悔に、思わず胸を押さえる。でも、聞いたところで答えてもらえなかったような気もする。

「まったく。どこまでも不器用な人だわ」

ふう、と、息を吐いて起き上がる。

今、ラームは重罪人としてこの国で指名手配されている。隣国に住むジュレミの元に捜索依頼が来るのは時間の問題だろう。

「……その時、私は何を思うのかしらね」

ジュレミがぽつりとつぶやいた、その時。トントントン、と、リズミカルに二階に上がってくる軽い足音が聞こえてきた。開いているドアから、ノアがひょっこりと顔を出す。

「師匠。終わった」

「あら。早いわね。ご苦労様」

「ん。帰る」

ジュレミは立ち上がると、にっこりと微笑んだ。

「そうね。帰りましょう」

ラームの部屋のドアを閉めて、一階に降りる二人。玄関のカギをかけ、転移小屋に向かって、庭園の中を歩いていく。

そして、転移小屋に入る前に。ジュレミは、ふと足を止めると、振り返ってラームの部屋の窓を見上げた。朝日を反射して輝く、四角い窓とガラスランプ。

彼女はしばらくその窓をながめた後。ゆっくりと転移小屋に消えていった。

旅立ち、その後2 🐾 騎士カーティスの波乱万丈な二日間

（あ、ノアちゃんだ！）

クレアとジルベルトが旅立った翌日の早朝。

隣国アレクドラの王都、繁華街から少し離れた高級住宅街にある、衛兵詰め所にて。

入り口に立っていた若い騎士が、石畳の敷き詰められた通りの向こうから、一人の少女が歩いてくるのを見つけた。

歩いてくるのは、緑色のローブを羽織った小柄な少女。フードを被っていて見えないが、猫耳と黒髪のおかっぱ頭が特徴的な猫の獣人だ。買い物帰りらしく、前が見えているか怪しいほど大きな荷物を抱えている。

彼は足早に近づくと、礼儀正しく少女に微笑《ほほえ》みかけた。

「おはようございます。ノアさん。大変そうですね。お荷物お持ちしましょうか」

ノアは騎士を見上げると、首を傾《かし》げた。

「ん。……マーチン？」

「いえ、カーティスです」

「ん。カーティス。お願い」

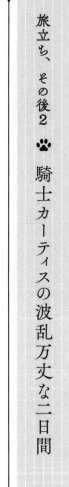

「はい。お任せください」

青年騎士は、ノアから荷物を受け取って、ひょいと片手で持つと、彼女と並んで歩き出した。

「買い物に行かれていたのですか？」

「ん。朝市行った」

「そうでしたか。今日は休日ですし、人が多かったのではないですか」

「ん。いっぱいだった」

当たり障《さわ》りのない会話をしながら、紳士的な微笑を浮かべるカーティス。しかし、彼は心の中で悶《もだ》えまくっていた。

(うおおお。今日のノアちゃんも可愛《かわい》い！　ヤバすぎる！　朝からノアちゃんと会話できるとか、今日は最高にツイてるぞ、俺《おれ》！)

この、心の中が残念な青年の名前は、カーティス・ルワドラ。長身に明るい茶色い髪、楽しげな青い瞳、甘いマスクと明るい雰囲気が町娘たちに大人気の、ルワドラ侯爵家の四男で、三か月前にこの詰め所に配属された十八歳だ。

ちなみに、彼の所属する詰め所は、ただの詰め所ではない。もちろん通常の機能も持っているが、最大の目的は「魔女ジュレミとその店を守ること」。

普通、魔女と言えば忌《い》み嫌われるもの。住居は人里離れた森や砂漠が一般的で、流浪する者も多い。

しかし、魔女ジュレミは王都に住んで三十年以上。店まで構えている。

なぜ彼女にそんなことができるのか。それは、彼女が世にも珍しい「魔道具が作れる」魔女だからだ。

特に、二か所をつなぐことのできる転移魔法陣の能力は国家機密に指定されているほどで、三十年前、他国にその技術が流れることを恐れた国王が、王都に店を構えることを許可した。加えて、店の斜め向かいに衛兵詰め所を置いて、腕の立つ衛兵の他《ほか》に、事情を知る貴族騎士を配属し、魔女と店を他国の間者《かんじゃ》などから守ることになった。

事情を知る貴族騎士として配属されてきたカーティス。

前評判では、魔女ジュレミはとんでもない美女ではあるものの、少し難しいところがあるとの話だった。

(魔女と上手《うま》くやっていけるだろうか)

心配する彼の前に、天使が舞い降りた。

「ノア。よろしく」

魔女の弟子だという、猫耳にしっぽの獣人の少女。

小柄で可愛らしいその姿を一目見た瞬間、彼は彼女の虜《とりこ》になった。

(なんだ！　この可愛い生き物は！　可愛い！　可愛すぎるだろ！)

よろしくと差し出された小さな手。

にっこりと笑って「こちらこそよろしくお願いします」と、その手をそっと握り返しながら、カーティスは心の中で絶叫した。

(くー！　柔らかくて小さい！　やばい！　俺もう手を洗いたくない！)

その日から、彼の生活はノア中心に回り始めた。常に外に気を配り、会えば笑顔で挨拶《あいさつ》。買い物の荷物が重そうであれば手助けをし、雨が降れば傘を貸す。全てはノアと少しでも仲良くなるため。

その成果もあり、最初は警戒し他人行儀だったノアも、今では自分から挨拶してくれるまでになった。

最初に「おはよ」と言ってくれた時のことを、彼は一生忘れないだろう。まあ、その後に、「ポール」という、全然違う名前で呼ばれたのだが、それも含めて良い思い出だ。

――とまあ、そんなわけで。見た目は平静、内心ウキウキで、ノアと会話をしながら店の前に到着するカーティス。

ノアは、首にぶら下げていた鍵《かぎ》でドアを開けると、少し後ろに立っていた彼を振り返った。

「入って」

「……！」

カーティスは心の中で息を呑《の》んだ。

（おおお！　やった!!　中に入れてくれるなんて、超信頼の証《あかし》じゃん！　やった！　やったぞ！　俺！）

心の中がカーニバル状態になるが、そんなことはおくびにも出さず、彼は礼儀正しく微笑んだ。

「では、お邪魔いたします」

カーティスが、ノアに続いて店の中に入る。重そうな中扉を開けて中に入ると、そこには薬屋のような店が広がっていた。薬瓶の入った棚に、木のカウンターが備え付けられている。

初顔合わせぶりに入ったな。と思いつつ、カーティスが尋ねた。

「荷物、どこに置きましょうか」

「ん。じゃあ、カウンターの上に置いて」

言われた通り、カウンターの上に荷物をそっと下ろす。そして周囲を見回して、とあることに気がついた。

(あれ、こんなに木箱が積んであったっけ)

店の壁際に無造作に積まれた大量の木箱。チラリと中を見ると、小さな薬瓶が並んでいる。

カーティスが、これは仕入れた薬ですか？　と、尋ねると、ノアがげんなりした顔で頷《うなず》いた。

「ん……。昨日、二か月分くらいの量が一気に来た」

「二か月分ですか。道理で……。もしかして、今からこれを全部片づけるんですか？」

驚いた顔をするカーティスに、ノアが力なく頷いた。

「ん……。そうなる」

「それは……、大変そうですね」

「ん……。大変。でも、がんばらないと」

ノアの覚悟を決めたような顔を見て、カーティスはたまらない気持ちになった。

(ダメだ！　かわいいノアちゃん一人にそんな苦労はさせられない！)

彼は、なるべく控えめに見えるように穏やかに口を開いた。

「……あの、私で良ければ、お手伝いしましょうか」

突然の申し出に、ノアが目を丸くした。

「本当？」

「はい。本当です。もちろん、差し支《つか》えなければですが」

礼儀正しく右手を胸に当てるカーティス。

ノアは、しっぽをぱたぱたさせながら、嬉《うれ》しそうに頷いた。

「ん！　もちろん差し支えない！　手伝って！」

＊

およそ一時間後。

騎士服を脱いでシャツの袖をまくったカーティスが、箱を奥の棚へと運んでいた。

「この箱はどこに置きましょうか」

箱の中身をせっせと棚に並べていたノアが、少し離れた棚を指さした。

「ん。そこの棚の下。――ん。違う。横向き」

カーティスが、「はい」と、真面目《まじめ》な顔で箱の向きを変える。箱を全て運び終えた後は、ノアの指示に従って、中の瓶を棚に並べていく。

この微妙に人使いが荒いところもノアちゃんらしくてイイなと思いつつ、カーティスが口を開いた。

「運んでいる時も相当な量があると思っていましたが、随分と多いですね」

「ん。製薬の魔女が旅に出るから、まとめて作っていった」

「この量を一人でですか。すごいですね」

「ん。彼女はすごい」

まるで自分が褒められたかのように、ノアが嬉しそうに耳をぴくぴくと動かす。

その姿を見て、カーティスは心の中で悶絶《もんぜつ》した。

（くうっ、やばい！　可愛すぎるだろ！　水なしで固パン十個はいける！）

そして、全ての薬をしまい終わり、箱を中庭に運びだした後。ハンカチで汗を拭《ぬぐ》っていると、ノアがぺこりと頭を下げた。

「ありがと。カルルス。助かった」

（わあい！　超絶可愛らしくお礼を言われちゃったよ！　まあ、カルルスじゃなくてカーティスだけどな！）

そう思いながらも、「お役に立てて光栄です」と、紳士然と微笑むカーティス。

（それに、お礼を言いたいのは俺の方だよ。ノアちゃんと共同作業だなんて、夢みたいな時間だった！）

しかし、その幸せな時間ももう終わり。名残惜《なごり》しいが、長居して迷惑はかけられない。もう帰るべきだろう。

カーティスは、ノロノロと椅子《いす》にかけておいた騎士服を手に取った。そして、「私はこれで」と帰ろうとした、その時。

突然、バタバタ、と、誰《だれ》かが階段を勢いよく駆け下りる音が聞こえてきた。続いて、ドアが勢いよく開かれる。

何ごとかと慌てて振り向くカーティスの目に、血相を変えた魔女ジュレミの姿が飛び込んできた。手に握られているのは、光る従魔の証。

彼女は、呆気《あっけ》にとられるカーティスに目もくれず、大声で叫んだ。

「大変よ！　ノア！　クレアちゃんったら、〈変化の腕輪〉を忘れていったわ！」

――カーティスの波乱万丈な二日間が始まった瞬間であった。

＊

（……ええっと、俺、なんでこんなところにいるんだっけ？）

魔女ジュレミが一階に飛び込んできた、十分後。カーティスは二階にある居間でお茶を飲んでいた。

丸テーブルを挟んで座っているのは、動揺した様子の魔女ジュレミと、変わらず無表情なノア。

ジュレミが「あー！」と、頭を掻《か》きむしりながら机に突っ伏した。

「もう！　何てことなの！　あの子の置いていった荷物の中に、私が作った箱があるのを見つけて開いてみたら、こんなものが出てくるなんて！」

テーブルの中央に置かれているのは、従魔の証によく似たブレスレット。

ノアが首を傾げた。

「ん。それが〈変化の腕輪〉？　ないと困る？」

「困るなんてもんじゃないわよ！　これなしで長時間姿を変えたら、元の姿に戻れなくなってしまうのよ！」

「！　それは大変。クレアはそれ知らない？」

「置いていったところを見ると、多分知らないんでしょうね……。ラーム経由で渡したから、彼女から説明してると思ったら、全然してなかったんだわ！　あの魔女め！　今度会ったら絶対にとっちめてやるんだから！」

二人の会話を聞きながら、カーティスは遠い目をした。

（これって、多分、てか、絶対、俺が聞いちゃいけないやつだよな？）

「あんたも来てちょうだい！」と言われて、何が何だか分からないまま来てしまったが、どう考えても自分が聞いて良い話ではない。しかも、魔女ラームとか、今隣国で指名手配中の魔女な気がする。

（……とりあえず何も聞かなかったことにしよう）

そう決めて、心を無にしてお茶をするカーティスの横で、ノアが心配そうな顔をした。

「それで、これがないとクレアはどうなるの？」

「姿を変えて一日経ったら元に戻りにくくなるでしょうね。そこで気がつけば良いけど、気づかずそのままでいたら、三日後には本当に戻れなくなってしまうわ。もしもその時ケットシーだったら、クレアちゃんは一生ケットシーのままね」

「……！」

ノアが目を見開く。

ジュレミが自分を落ち着かせるように息を吐いた。

「……でも、幸いなことに、クレアちゃんが出発してまだ一日。すぐに変身したとしても、あと二日猶予があるわ。それまでに腕輪を届ければ大丈夫よ」

ジュレミの言葉に、ノアが、ホッとしたような顔をする。

話を聞きながら、スゲー嫌な予感がする、と、目を逸《そ》らすカーティス。

そして、その嫌な予感は的中。ジュレミが満面の笑みを浮かべながら、懸命に空気感を出している彼を見た。

「それで、貴方《あなた》にお願いなんだけど。ちょっと頼まれごとしてくれない？」

やっぱそうくるよな。と、カーティスは心の中で溜息《ためいき》をつくと、礼儀正しく尋ねた。

「……一応、内容を聞いてもよろしいですか？」

「今聞いた通り、私の友人が忘れ物をして旅に出ちゃったのよ。だから、追いかけてほしいの。あ、もちろん内密にね」

「……内密に、ですか」

「ええ。内密によ。前の騎士のランドルフは頭が固そうだったから無理だろうと思うけど、貴方、適当そうだし、何とでもできるでしょ」

「……ええ、まあ、ランドルフよりは柔軟に対応できるとは思いますが……」

そう答えながら、カーティスは迷っていた。魔女の頼みは基本、引き受けるように言われているが、内容を報告することが義務付けられている。内密にというのは規則違反だ。いくら自分が適当な性格をしていても、それはちょっと……。

難しい顔をして黙り込むカーティス。

——と、その時。ノアがカーティスの目を見た。

「お願い。カーマイン。私、馬に乗れない。一緒に来て」

彼は「カーマインじゃなくてカーティスです」と言うのも忘れて、目を見張った。

「え。もしかして、ノアさんも一緒に来るのですか？」

「ん。馬に乗せてもらって道案内する」

軽く固まりながら、カーティスは心の中で絶叫した。

（ノ、ノアちゃんと一緒に馬に乗って旅!!　マジか！　マジなのか！　もう規則とかどーでもいい！）

何も言わずに固まっている彼を見て、ノアが「どうしたの？」と首を傾げる。

カーティスは、はっと我に返ると、礼儀正しく微笑んだ。

「分かりました。では、素材の採取に付き合ったということにしてお供しましょう」

ジュレミがホッとしたような顔をした。

「恩に着るわ！　じゃあ、回復薬の素材ということにしましょう。具体的に何にするかはこっちで考えておくわ」

「お願いします。それでは、すぐに旅の準備をしてまいりますので、三時間ほどお待ちいただけますか」

「ええ。分かったわ。こっちもノアの旅の準備を済ませておくわ」

では後ほど、と、カーティスが立ち上がると、ノアが感謝の目で彼を見上げた。

「ありがとう。カーニバル。よろしくね」

「いえいえ。こちらこそ」

カーニバルじゃなくてカーティスだけど、と、思いながらも、紳士的に微笑むカーティス。そして、心の中で固く誓った。

「必ずやこのミッションを成功させて、ノアちゃんに名前を覚えてもらうぞ！」と。

＊

ところ変わって、ここはアレクドラ王国の王城内にある騎士団本部。

その廊下を、まるでこれから合戦に挑むが如《ごと》く険しい顔をした男が、速足で歩いていた。

男を見た文官が、隣にいた同僚に耳打ちした。

「なあ。あれ、カーティス様じゃないか？」

「え！　カーティス様!?　いつもと随分雰囲気が違うな」

彼を見た者は皆ひそひそと囁《ささや》きあった。人当たりが良く愛想の良いカーティスがあの形相《ぎょうそう》。一体何が起きたのだろうか、と。

しかし、当のカーティスは、

(ノアちゃんと旅！　めっちゃ楽しみ！)

これから始まるノアとの旅のことで頭がいっぱいだった。

(依頼を全《まっと》うするのはもちろんだけど、絶対に、絶対！　楽しい旅にするぞ！)

実は彼。店を出る時、ジュレミからこんなことを言われていた。

「ノアは旅をしたことがないのよ。だから、色々迷惑をかけることもあるとは思うけど、大目に見てあげてね」

初めての旅と聞いてカーティスが思い出したのは、自身のこと。彼の初旅は、七歳の時の家族旅行。湖畔の別荘で美味《おい》しいものを食べたり、兄弟たちとボール遊びをしたり、それはとても楽しい旅で、お陰で、彼は旅行が大好きになった。この経験が彼の旅に対する印象を決めたと言っても過言ではない。

だから、カーティスは思った。人探しがメインではあるが、ノアにとってこれは立派な初旅。思い出に残る楽しいものになってほしい、と。

(ノアちゃんのためだ！　とびきり良い旅にできるように、がんばるぞ！)

カーティスは、使命感に燃えた。楽しい旅にするには、それ相応の準備が必要だ。本当であれば一年くらいかけて入念に準備したいところだが、残念ながら今回は時間がない。

(ベストを尽くすためにも、効率的に動かないと)

聞こえてくるヒソヒソ話など意に介さず、廊下をずんずん歩く。立派なドアの前に立つと、軽く深呼吸した。

(まずは、第一関門だ)

軽くドアをノックして、中に入る。そのいつになく深刻な表情の彼を見て、執務机で仕事をしていた副騎士団長が、慌てたように立ち上がった。

「ど、どうした！　カーティス！　魔女に何かあったのか⁉」

「はい。実は頼まれごとをしまして」

「……頼まれごと？」

副団長が、警戒するように目を細める。

ここが正念場だと、カーティスは真面目な顔で答えた。

「はい。弟子と一緒に回復薬の調合に使う薬草を採ってきてほしいと頼まれました」

副団長がポカンとした顔をした。

「……それだけか？」

「はい。それだけです」

「……本当か？」

「はい。本当です」

疑われる余地がないようにと力強く頷いてみせるカーティスに、副団長がホッとしたような顔で笑い出した。

「なんだ。見たことないくらい深刻な顔で部屋に入ってきたから、大事があったのかと思ったぞ。弟子と一緒って、もしかして、あの猫耳のピノっていう……」

「ノ、ア、さ、ん、です。副団長」

食い気味に訂正するカーティス。

その只《ただ》ならぬ圧に、副団長が慌てて「あ、ああ。そうだ。ノ、ノアさんだったな」と、言い直す。

「そ、それで、どこまで行くんだ?」

「北の国境近くと聞いております」

「なるほど。頼むだけあって、かなり遠いんだな」

「はい。つきましては馬の使用と外泊任務の許可をお願いしたいと」

副団長が、「分かった」と、隣の部屋から文官を呼んで何か指示する。

「馬は手配した。代わりの者を詰め所に派遣する。戻ったら報告書を出すように」

(よし、上手く誤魔化せた)

カーティスは、ホッとしながら、一歩下がって頭を下げた。

「了解いたしました。それでは、行ってまいります」

＊

副団長の執務室から出たカーティスは、頭をフル回転させながら再び速足で廊下を歩き始めた。

(さて、次だ!)

走るように建物から出ると、たくさんの馬が並んでいる厩《うまや》に飛び込む。並ぶ馬の中からノアが喜びそうな毛並みの良い鹿毛《かげ》の馬を選定し、そばにいた馬丁《ばてい》に鞍《くら》を見せるようにと頼んだ。

「二人乗りできる鞍でしたら、この三つですね」

出された鞍三つを、カーティスは鋭い目でチェックした。

「……汚れているな。クッションも弱そうだし、デザインも垢抜《あかぬ》けない。もっと良いのはないのか」

「これ以上良いものとなると、王族のご子息向けのものになってしまうかと……」

申し訳なさそうに言う馬丁に、カーティスは懐から懐中時計を取り出した。

「これを預ける。これを見せて、その王族子息向けの鞍を借りてきてくれ」

「え！　これって侯爵家の印じゃないですか！　マジですか!?」

「ああ。マジだ。ここで手を抜いたら、俺が一生後悔する」

謎《なぞ》の迫力に押され、「わ、分かりました」と頷く馬丁。

（よし、次だ）

カーティスは厩を出ると、走るように食堂に向かう。甘いものが好きなノアのために、料理長に甘いスイーツのようなサンドイッチを作ってほしいと依頼する。

そして、再び走るように歩き、宿舎の自分の部屋に飛び込んだ。

（今度は俺の準備だ！）

クローゼットから遠征用の革鞄《かわかばん》を引っ張り出すと、荷物を詰め始める。

（煙草《たばこ》は……、やめよう。ノアちゃんが嫌いだと困る。あとは着替えだな……）

遠征に行くよりもずっと手際良くテキパキと準備を進める。一緒に馬に乗るのだからと、シャワーを浴びて全身を清めることも忘れない。

そして、太陽が天頂に差し掛かる頃《ころ》。

旅人風の服に深緑色の外套《がいとう》を羽織ったカーティスが、ジュレミの店の裏庭に通じる木戸を叩《たた》いていた。

隣には、見るからに立派そうな鞍をつけた、艶《つや》やかな鹿毛の馬。

（あー。緊張するなー！　ノアちゃんもう準備終わってるかな？）

ドキドキしながら待っていると、重そうな扉が開いてジュレミが顔を出した。

「思ったより早かったわね」

そして、横に立っている馬を見て目を丸くした。

「まあ！　随分立派な馬ね！　しかも、その鞍！　かなり高価なものなんじゃない？」

「いえいえ、そんなことはありませんよ」と控えめに微笑みながら、彼は心の中でガッツポーズを決めた。

（強引に王家専用の鞍を借りてきて良かったー！　ノアちゃんを乗り心地の悪い鞍に乗せるわけにはいかないもんね！）

ジュレミがドアを大きく開けた。

「どうぞ。入って。馬も一緒で大丈夫よ。入り口につないでおいて」

「はい。お邪魔いたします」

言われた通り馬を入り口につなぐと、カーティスは初めて入った中庭を見回した。広さは騎士団長の執務室ほどで、下は芝生になっており、左右に建物が立っている。

（思ったよりも広いな。位置的に左側が店だよな。……となると、右側の建物は何だ？　物置か？）

ジュレミが微笑んだ。

「ふふ。驚いた顔をしているわね。一応魔女の家だから色々と秘密があるのよ」

他言無用よ、と人差し指を口元に当てながら、ジュレミが右側の未知の建物に通じる木戸を開けて、「どうぞ」と招き入れてくれる。

カーティスが少し緊張しながら建物の中に入ると、中は白い壁に囲まれた作業部屋のようになっており、壁一面に魔法陣が描かれていた。

（おお……。こんな部屋があったのか）

圧倒されていると、ジュレミが壁を指さして説明してくれた。

「これは転移魔法陣ね。ここから色々な場所に転移できるようになっているの。まあ、魔力登録しないと使えないから、私とノア、あと一部の人間以外には意味がないけど」

そして、そのうちの一つに近づくと、カーティスを手招きした。

「ちょっと来て」

「はい」

カーティスが言われるがままに壁の魔法陣に手を当てて魔力をこめると、魔法陣が鈍く光った。

「これで登録完了よ。あとはノアの準備が終わるのを待つだけね」

張り切って早く来すぎたかもしれない。と、思いつつ、カーティスが尋ねた。

「もしかして、ノアさんはまだ準備中ですか？」

「ええ。あの子、旅慣れてないから少しかかってるみたいで。ごめんなさいね、お待たせして」

「いえ！　とんでもないです！　私の方こそ、もう少しゆっくり来れば良かったかと」

「遅いより早い方が良いに決まってるじゃない。大丈夫よ。もうすぐ来ると思うわ」

と、その時。

カツカツカツ、という爪《つめ》でドアを叩くようなノック音と共に、ドアが開いた。

ドアの方向を見て、カーティスは思わず息を呑んだ。そこに立っていたのは、赤いフード付きの外套を羽織ったノア。外套の下には、いつものメイド服ではなく、緑の縁取りがしてある赤色のワンピースを身にまとっており、革の小さなリュックサックを背負っている。

「お待たせ。ごめん。遅くなった」

（やばい！　やばい！　かわいい！）

あまりの感動に脳内語彙力が五歳児並みになるが、そんなことはおくびにも出さず、カーティスは紳士的に微笑んだ。

「そこまで待っておりませんので、心配しないでください」

「ん。ありがとう」

ノアがホッとしたような顔をする。

ちゃんと謝れたりお礼を言えるところもノアちゃんのいいところだよな。と思いながら、カーティスが魔女に尋ねた。

「出発したいと思うのですが、もしかして、魔法陣を使うのですか？」

「ええ。正解よ。馬でもいいけど、下手《へた》したら一週間くらいかかると思うのよね」

一週間ということは、かなり遠方だな。とカーティスが顎《あご》を撫《な》でる。

（なるほどな。我が国が魔女を守っていると知った時は驚いたが、この部屋を見れば納得だな。確かにこれは他国に渡せない）

一昔前は魔女は不幸を運ぶものだと信じられていたと聞く。その概念を打ち破って友好関係を築いた先代国王はすごいな。と感心する、ノアが絡むと残念になるが、普段のカーティスはかなり優秀な騎士なのである。

ノアが持ってきた荷物の中身をチェックしていたジュレミが振り返った。

「準備ばっちりよ。出発しましょう」

「馬も一緒にですか？」

「馬は後から私が送るわ。ここは極秘事項だから見せるわけにはいかないのよ。貴方たち二人は先に行ってて」

ノアが「ん」と頷いて、トコトコと歩いて壁の魔法陣に手を当てると、後ろを振り返った。

「行こ」

はい。と、カーティスが同じように魔法陣に手を当てる。そして、その下にあるノアの小さくて可愛らしい手を見ながら、決意を新たにした。

（騎士として、男として、絶対にノアちゃんを守るぞ！）

依頼を遂行して、楽しい旅にする！　あと、できればちゃんと名前を覚えてほしい。

「いいわよ！　魔力を高めて！」

ジュレミの声を合図に、カーティスとノアが魔力を高める。

魔法陣が鈍く光り始める。

――そして、気がつくと、彼は薄暗い小屋の中に立っていた。

（……これが転移か。凄《すさ》まじいな）

ほんの一瞬で知らない場所にいることに衝撃を受ける。

ノアが彼を見上げた。

「大丈夫？　気分は？」

「はい。驚きましたが、特に気分は……」

悪くありません。と言いかけて、彼は思わず片手で口元を押さえた。強烈なめまいと共に胃の底から何かがこみあげてくる感じがする。

カーティスの顔色が変わったのに気がついたのか、ノアが素早く小屋のドアノブに手を掛けた。

「はじめては気持ちが悪くなる。こっち」

片手で口元を押さえるカーティスの服の裾を引っ張って外に出ると、そばにあったベンチに座らせる。そして、口元を押さえてぐったりと座り込む彼の顔を心配そうに覗《のぞ》き込んだ。

「大丈夫？」

「は、はい。外の空気を吸って落ち着きました」

気分は超絶良くないが、心配させないようにと何とか笑ってみせるカーティスに、ノアが首を横に振った。

「無理しちゃだめ。顔が緑。カエルみたいになってる」

「カエル」

「ん。待ってて。なんか持ってくる」

カエルはちょっとショックだな～。と思いながら、走っていくノアの後ろ姿を見送るカーティス。

二日酔いより酷《ひど》いな。とベンチの上でうずくまる。

そして、しばらくして。ようやく吐き気が治まり、ゆっくりと顔を上げると、そこには見たことのない景色が広がっていた。

（……ここは、どこだ？）

目に飛び込んできたのは、鬱蒼《うっそう》とした森と赤いとんがり屋根の小さな家。家の正面には手入れされた広い庭が広がっている。春風にのって漂ってくるのは鳥の鳴き声と、土と花のにおい。

（……どこかは分からないが、良い所だな）

カーティスが、爽《さわ》やかな風に目を細めながら、太陽を浴びてキラキラと輝く庭をぼんやりと眺《なが》めていると、軽い足音がして、ノアが木のコップに入れた何かを持ってきた。

「これ。お茶」

ノアちゃんは優しいなあ。と心の中で思いながら、「ありがとうございます」と笑顔でお茶を受け取る。飲むとスッと気分が良くなるところをみると、魔女の薬の類《たぐい》なのかもしれない。

お茶をありがたく飲みながら、彼は隣で足をブラブラさせながら座っているノアに尋ねた。

「ここはどこなのでしょうか？　誰かお知り合いの家なのですか？」

「ん。ラームの家」

あっけらかんと答えるノアに「そうですか」と微笑みながら、彼は思った。ラームって間違いなく指名手配中の魔女の名前だよな、と。指名手配中の魔女の家の前にいるとか、結構大事《おおごと》なんじゃないだろうか。

（……でも、まあ、あれだな。ノアちゃんよく人の名前を間違うから、ラームじゃなくて、ラムウかもしれないよな）

お茶を飲みながら、何も聞かなかったと自分に言い聞かせる。

その後。「待たせたわね」と、馬を連れた魔女ジュレミが現れた。転移してきた小屋の壁に描かれている魔法陣にカーティスの魔力を登録して、再び転移する。

そして、気がつくと。彼は薄暗い洞窟の中に立っていた。

（……今度は大丈夫そうだな）

一回目ほど気分が悪くなってないことにホッとしながら、ノアに続いて蔦《つた》のカーテンをくぐって外に出ると、外は深い森。

「ここは、どのあたりでしょうか」

「ん。王都の近くにある森」

王都の近くにこんな森あったかな。と、首を傾げていると、背後の洞窟の中から馬の嘶《いなな》く声がして、蔦の間から馬を引いたジュレミが出てきた。

「無事に着いたわね。帰りもここからになるから覚えておいてちょうだい。馬は後から私が取りにくるから、どこかにつないでおいて」

「はい。分かりました」

「それで、どう？　ノア。クレアちゃんの居場所、分かりそう？」

魔女の言葉に、ノアは目をつぶって鼻を軽く動かすと、力強く頷いた。

「ん。問題ない」

そう。良かったわ。と、ジュレミが安堵《あんど》の表情を浮かべる。カーティスの方を向いてにっこり微笑んだ。

「じゃあ、ノアのこと、よろしくね」

カーティスは力強く頷いた。

「はい。お任せください。命に代えてもノアさんをお守りします」

こうして、「そこまで気合入れなくてもいいのよ」とジュレミに苦笑いされながら、二人の旅は始まった。

＊

ノアと一緒に馬に乗るに際し、カーティスには一つ懸念があった。

それは「乗馬」。

馬の二人乗りと言えば、御《ぎょ》する者が同乗者を抱えるように乗る――つまり、平たく言えば抱っこするように乗るのが一般的である。

ノアを前に乗せて馬に乗る己を想像し、カーティスは思った。俺、平静でいられるだろうか。鼻血が止まらなくなって、出血死するんじゃないだろうか。と。

しかし、いざ実際に乗馬するという段になると、それは杞憂《きゆう》であることが分かった。ノアが、カーティスの後ろに立ち乗りすると言い出したのだ。

「獣人の方が身体能力に優れているのは知っておりますが、さすがにそれは危険ではないでしょうか」

そう心配するカーティスを尻目《しりめ》に、「やってみれば分かる」と涼しい顔のノア。先にカーティスを馬に乗せると、手助けなしに飛び乗り、鞍の後ろ部分にバランス良く立った。

「ん。これでいい。前が見えるから道案内もできる」

カーティスは心の底から感心した。

(す、すごい！　さすがノアちゃん！　最高かよ！)

そして、思った。強引に高い鞍借りてきたけど、意味なかったかもしれないな。と。しかし、そんなことはおくびにも出さず、彼はにっこり笑った。

「なるほど。素晴らしいアイディアですね。でも、馬は予想外の動きをすることもありますし、少し危なくないでしょうか」

　ノアが得意げに言った。

「ん。問題ない。こうする」

　その瞬間。彼の肩に、小さな手がかけられた。

「……っ！」

　カーティスは、大きく目を見開くと、心の中で絶叫した。

（ぐ、ぐあああ！　ノ、ノアちゃんの手が肩に！　ち、小さい！　柔らかい！　温かい！　お、お、落ち着け！　俺！）

　堪《こら》えるような表情をするカーティスに、ノアが「どうしたの？」と首を傾げる。

　カーティスは「いえ。なんでもありません」と微笑みながら何とか自分を立て直すと、手綱を持ち直した。

「では、最初は少しゆっくり進みましょう。慣れてきたら速歩《はやあし》にします」

「ん。了解。あっち」

　森の出口と思われる方向を指さすノアに従い、ガチガチに緊張しながら馬を歩かせ始めるカーティス。

　そして、ようやくノアの手の感触に慣れ、一息ついたところで、彼は改めて森を見回した。

（緊張で気がつかなかったけど、この森、見たことない木とか花が多い気がする）

　湿気が明らかに少ないし、気温が少し高い気がする。

(……ここって、本当に王都周辺なのか？)

カーティスがそんな疑問を抱いていた、その時。目の前が急に明るくなり、森の出口が見えてきた。

「出口が見えてきましたね。あそこから出ますか」

「ん。お願い」

そして、ようやく森の中から出て。目の前に広がる光景に、カーティスは目を丸くした。

(え！　ちょっと待って！　ここって、まさかのスタンダール王国!?)

目の前を蛇行しながら伸びているのは、夜光石を使った立派な街道。夜光石をここまでふんだんに使った街道を造れるのは、原産国である隣国、スタンダール王国以外ありえない。

驚愕《きょうがく》するカーティスを尻目に、ノアが身軽に馬から飛び降りる。トコトコと丘の上に歩いていくと、鼻を上に向けてクンクンと動かし、森の入り口と反対側を指さした。

「あっちが王都」

王都って隣国の王都だったんだな。と妙に納得しながら、カーティスが尋ねた。

「では、王都に向かいますか？」

「ん。ちょっと待って」

ノアが、再び鼻を上に向けてクンクンと動かす。目をつぶって少し考えた後、王都のやや南を指さした。

「あっち」

あっちには何があるんだろう。と首を捻《ひね》るものの、カーティスは口を閉じた。

（下手に聞くと、さっきの『ラームの家』みたいな、とんでもない爆弾が隠れてる可能性があるからな……）

自分の任務はあくまでノアの付き添い兼警護だ。無用な質問はやめよう。

「はい。分かりました。では、急ぎあちらに向かいましょう」

「ん。よろしく」

そして、街道沿いに馬を走らせること数刻。

カーティスたちは、彼の実家である侯爵家の屋敷に負けず劣らず立派な屋敷の前に到着した。鉄の柵の向こうに見えるのは、薔薇《ばら》の香りが漂う手入れの行き届いた広い庭園と、堅牢《けんろう》そうな石造りの屋敷。

カーティスは眉《まゆ》を顰《ひそ》めた。

（まさか、ここか？　探し人ってもしかして貴族なのか？）

馬に乗った二人を見て、門番が近づいてきた。

「おい。何か用か」

ノアは、馬から身軽に飛び降りると、リュックサックの中から小さな紙切れを取り出した。

「これ」

差し出された紙切れを怪訝《けげん》そうな顔で開く門番。見るなり表情が変わった。

「お、お嬢様のお知り合いの方ですか。こ、これは失礼いたしました。すぐにご案内いたします」

丁重に門の中に案内される二人。庭園を横切って屋敷の中に入ると、執事らしき白髭《ひげ》の男が出てきた。

「当館に何か御用ですかな」

門番が何か耳打ちすると、白髭の男は二人に笑顔を向けた。

「失礼しました。お嬢様のお知り合いでしたか。ようこそ。スタリア侯爵家へ。ご案内いたします」

「ん。よろしく」

ノアがコクリと頷く。

カーティスは感心した。この状況に落ち着いていられるなんて、なかなかの度胸だ。さすがノアちゃん！　そして思った。俺、ここにいていいんだろうか。と。

通常、貴族が他国の貴族の家に入ることは、ほとんどない。入ってもせいぜい嫁に行って里帰りした娘くらい。後は情報漏洩《ろうえい》防止や謀反《むほん》の嫌疑をかけられないため、人の目がある公共の場所で会うのが一般的だ。

カーティスは四男とはいえ侯爵家の人間。しかも隣国の騎士。何の連絡も根回しもなくこの国の貴族の家に入るのは、あまり好ましい状況ではない。

（うーん。どうしようかな）

とりあえず、ノアの付き添い的な立場なことをアピールしようと、ノアの座るソファの後ろに立つ。

ノアが首を傾げた。

「何してる？」

「あくまでノアさんの付き添いだということをアピールしています」

「ふうん。はずかしがりやさん？」

と、その時。ノックの音と共にドアが開いて。淡い水色のドレスを着た細身の女性が、眼鏡《めがね》をかけた男性にエスコートされて入ってきた。長く美しい金髪に、空のような青い瞳。なかなかお目にかかれないような可憐《かれん》な女性だ。

彼女はノアを見て嬉しそうに微笑んだ。

「よく来てくれたわね。ノアちゃん。……そちらは？」

「カーチン。はずかしがりやさんだから、そこに立ってる」

いや、色々違うんだけどな。と内心苦笑しながらも、カーティスが丁寧にお辞儀をする。

その様子を見て、何か察したらしい男性が、にこやかに手を差し出した。

「はじめまして。カーチン。君は『ノアさんの付き添いにすぎない』という解釈でいいのかな」

「はい。察していただいて感謝します」

話が分かる人間がいて良かった。と、カーティスは胸を撫でおろした。こういった場合は偽名を名乗るところだが、幸い名前は「カーチン」ということになっているので、そのままにしておくことにする。

優しい仕草で女性を先にソファに座らせた男性は、自身もその横に座ると、穏やかに尋ねた。

「さて。それで、今日はどういったご用件なのかな？　薬はまだ残っているから、もしかして遊びにきてくれたのかい？」

「ん。クレアを探してる。忘れものを届ける」

まあ、クレアさんに忘れ物を。と、女性が驚いたような顔をする。そして申し訳なさそうに溜息をついた。

「ごめんなさいね。ノアちゃん。実は彼女、今朝ここを出てしまったのよ」

「いつ?」

「ええっと。何時だったかしら。フィリップ、覚えている?」

フィリップと呼ばれた男性が、顎に手を当てながら目を伏せた。

「ええっと……、確か、九時過ぎくらいじゃなかったかな。見送った後に時計を見たら、そのくらいだったと記憶している」

カーティスは部屋の壁にかかっている時計を見上げた。現在昼の二時過ぎ。探し人の出発から約五時間が経過している。

「クレアがどこに行ったか、分かる?」

「そうね……。詳しくは聞かなかったのだけど、方向的にリリムの街しかないと思うわ」

フィリップが地図を持ってきて、ローテーブルの上に広げた。

「ここが王都で、ここがこの屋敷。リリムの街はここ。街道が整備されているから、馬を飛ばして大体四時間ってところだね」

カーティスは地図を見ながら思案に暮れた。話を聞く限り、相手の移動手段も恐らく馬。通常であれば、五時間も差があったら追いつくことは困難だが、幸いなことに、リリムの街から次の街までかなり遠い。よほど急いでいなければ、今日中の移動は諦《あきら》めるだろう。

「……恐らくですが、今日はリリムの街に泊まるつもりではないでしょうか」

「そうだね。私もそう思うよ。リリムは今日祭りだというし、観光も兼ねて一泊するんじゃないかな」

片手で眼鏡を上げながら同意するフィリップに、カーティスが尋ねた。

「街に入る時に、何か特別な手続きは必要ですか？」

「特にないよ。銅貨を支払うくらいだ。ただ、日が沈むと同時に入場制限がかかるから、そこは注意が必要だね」

ノアとコンスタンスが楽しそうにお茶を飲む横で、男性二人が地図を挟んでリリム行きについて話を詰め始める。

カーティスはそっとフィリップをうかがった。

（この男も間違いなく高位貴族だな。礼儀正しいし、頭もいい。気楽そうだから、俺と同じ三男か四男ってとこか。職業は、インテリ職……。服装からして、医者か何かか？）

心の中で正解を連発する、実は観察眼が鋭いカーティス。

そして、男性二人の話が終わると、ノアがソファからぴょこんと立ち上がった。

「じゃあ、今から追いかける！」

もう行ってしまうのね。と、コンスタンスが残念そうな顔をする。

「もうちょっとゆっくりしていってほしいところだけど、今から出発すれば暗くなる前に街に着けるでしょうから、急いだ方がいいわね。でも、ちょっとだけ待ってくれない？　料理長が美味しいお菓子を作ったのよ。急いで包んでもらうから持っていって」

ノアが嬉しそうにしっぽをパタパタと振った。

「ん！　ありがとう！　持ってく！」

ノアの喜ぶ様を見て、「ノアちゃん甘いもの好きだから良かったな」と、微笑ましく思う反面、カーティスは若干しょんぼりした。

（騎士団の食堂のサンドイッチは絶品だと評判だけど、さすがに侯爵家お抱えのシェフのお菓子には敵《かな》わないよな……。まあ、でも、ノアちゃんが美味しいものを食べることの方が重要だよな）

サンドイッチは俺が食べることにしよう。と考えながら立ち上がると、カーティスは三人に向かって丁寧なお辞儀をした。

「それでは私は馬を見てまいります。皆様はどうぞご歓談をお続けください」

＊

屋敷に到着してから数十分後。

ノアとカーティスは、再び馬に乗って屋敷の外門の前に立っていた。

「気をつけてね。ノアちゃん。クレアさんに会ったらよろしく伝えてね」

「ん。任せて。行ってくる」

見送りに出てきてくれたコンスタンスとフィリップに、ノアが馬上から、ひらひらと手を振る。

笑顔で手を振る二人に黙礼して馬を走らせながら、カーティスは思った。とても感じの良い二人だったな、と。

コンスタンスのフィリップに対する信頼具合と、互いに向ける優しい目から察するに、彼らは恋人同士なのだろう。あの二人が継ぐのであれば、あの家は安泰に違いない。

（仲の良い領主夫婦ほど土地を発展させるものはないからな。今でも豊かだが、今後あの地はもっともっと発展するのだろうな）

なんだかいいものを見た気がするな。と温かい気持ちになっていると、背後から、ぐうう、という小さな音が聞こえてきた。

（あれ？　これってもしかしてノアちゃんのお腹《なか》の音？）

カーティスが控えめに尋ねた。

「ノアさん。もしかしてお腹空きましたか？」

「ん……。お茶飲んだら、お腹空いた」

ノアが切なそうな声を出す。

カーティスは頬《ほお》を緩めた。素直にお腹が鳴るところも可愛らしい。ちょうどもらったばかりの美味しそうなお菓子があることだし、出発したばかりではあるが、休憩がてらお茶にしよう。

「何か食べた方が良さそうですね。先ほどいただいたお菓子を出しましょうか」

「いただいたお菓子って？」

「コンスタンス様からいただいた、お屋敷の料理長が作ってくれたお菓子です」

ノアが、はて、と、首を傾げた。

「カティアが持ってきているのは？」

「え？」

「カティア、甘いもの好きじゃないけど、甘い匂いがする」

カーティスは軽く目を見開いた。

(もしかして、サンドイッチに気がついてたのか？)

だが、残念ながらサンドイッチはお菓子には及ばない。ノアにはより美味しいものを食べてもらいたい。

「はい。実はサンドイッチを持ってきてはおりますが、これは騎士団の食堂で作ってもらったもので、いただいたお菓子には敵わないかと……」

カーティスの言葉に、ノアがきっぱりと言い切った。

「師匠が言ってた。こういうのは気持ちって。甘いものが嫌いなカーチンが甘い匂いがするってことは、それは私のため。私はそれを食べる」

カーティスは感動に打ち震えた。

(俺が持ってきたの、食べてくれるの!?　めちゃくちゃ嬉しい！)

いそいそと荷物の中からサンドイッチの包みを取り出して、これです。と、肩先に持ち上げる。

ノアがクンクンと匂いをかいだ。

「ん。木苺《きいちご》のにおい。好き」

「それは良かったです。馬上では食べにくいでしょうから、一旦馬を降りましょう」

「ん。それには及ばない」

ノアが、カーティスの肩に置いた手に力を込める。次の瞬間、彼女はその肩を軸に前転。スポッと手綱を持つ彼の腕の中に収まった。

（……！）

カーティスは思わず息を呑んだ。まさかの状況に体がこわばる。

ノアは硬直した彼の手からサンドイッチの包みを取った。

「ここなら揺れても大丈夫。ここで食べる」

石像のように固まっているカーティスの腕の中で、ノアが包みを開けてサンドイッチを一口食べる。もぐもぐと味わうように咀嚼《そしゃく》した後、カーティスを見上げた。

「ありがと。おいしい」

くうう、尊い！と、カーティスが天を仰ぐと、ノアが不思議そうな顔をした。

「ん？　どうしたの？」

「い、いえ。その。感動したと申しますか。色々と感慨深いと申しますか」

ふうん。と、首を傾げると、サンドイッチをもぐもぐ食べるノア。

その可愛らしい様を見ながら、カーティスが思い出すのは昔のこと。会ったばかりの頃は、挨拶しても ギロリと睨《にら》まれ、話しかけても無視される勢いだった。ずっと片思いで、でも諦めずに挨拶を続け。今はこうやって自分を気遣い、あまつさえ腕の中でサンドイッチまで食べてくれる。なんという進歩。何という幸福！

この日。カーティスがずっと幸福そうな顔をしていたのは言うまでもない。

＊

空が薔薇色に染まり始めた夕方。

カーティスとノアは、丘の上から城壁に囲まれたリリムの街をながめていた。

「あれがリリムの街のようです」

「ん。やっと到着」

ホッとしたように頷く、今やすっかりカーティスの腕の間がお気に入りポジションになったノア。

心配そうにカーティスを見上げた。

「疲れた？」

自分も疲れているだろうに、ノアちゃんは優しいなあ。と思いながら、カーティスは微笑んだ。

「いえ。私は大丈夫です。騎士は遠征が多いですから、旅には慣れております」

「遠征？」

「はい。去年も国境沿いに湧いた魔獣討伐のために長期遠征しておりました」

「国境？」

「ここよりもずっと西側の、スタンダール王国と我が国の国境です」

両国の騎士団と魔法士団が力を合わせて魔獣を討伐した話を、ノアが、ふんふん、と、熱心に聞く。

カーティスは意外に思った。まさかノアがこういった話に興味を持つとは思わなかった。

「ノアさん、魔獣討伐に興味があるんですか？」

「討伐に興味はないけど、騎士に興味ある」

カーティスは目を丸くした。ノアが騎士に興味があるなんて初耳だ。

「ノアさんは騎士に興味があるんですか？」

「ん。知り合いに騎士がいる」

「それは、店の前の詰め所にいる騎士ですか？」

「んん。違う。全然違う騎士」

カーティスは更に目を丸くした。まさかノアにあの詰め所以外の騎士の知り合いがいるとは。

「どのような方なのですか？」

「ん。超かっこいいし、超つよい」

まさかのべた褒めに、カーティスは思わず手綱を握り締めた。

(ノアちゃんがこんな手放しに人を褒めるなんて！　くそー！　誰だそいつ！)

軽い嫉妬《しっと》を感じながらも、誰ですか、とも聞けず、モヤモヤした気持ちのまま馬を進める。

街の入り口に到着すると、街の門番が二人に陽気に声をかけた。

「ようこそ！　リリムの街に！　二人かい？」

「ああ」

「じゃあ、銅貨四枚だ」

馬から降りたカーティスが、ポケットから共通銅貨を四枚出して渡すと、門番が札のような紙を二枚くれた。

「これで三日有効だ。それ以上滞在する時はまた来ておくれ」

「ああ。分かった。ところで、お勧めの宿はないか？　初めてなんだ」

「そうだな……。馬がいるなら、南三区にある南風亭《なんぷう》だな。ちょっと高いからそう簡単に埋まらないし、厩があって世話もしてくれる」

「そうか。情報感謝する」

カーティスが、そっと銅貨を握らせると、門番が満面の笑みになった。

「今日は街の祭りがあるんだ。あと少ししたら人が道に出るから、早めに宿に行った方がいいぞ」

門番に再度礼を言って、馬をひいて街に入るカーティスに、ノアが感心したように言った。

「すごい。宿屋まで分かった」

「いえいえ。慣れてですよ」

そう微笑みながら、彼は心の中で小躍りした。知り合いの騎士の話を聞いてモヤモヤした心が軽くなっていく。

（べた褒めの騎士が誰かは気になるけど、俺は俺で一歩ずつ近づけばいいよな。とりあえず、早く探し人を見つけて、ノアちゃんに安心してもらおう）

門番のアドバイスに従って、宿屋があるという街の南三区に向かう。

途中、ノアが鼻をクンクンさせた。

「間違いない。クレアもこの街にいる」

「どこにいるか分かりますか？」

「ん。こっち」

ノアが、向かう南三区よりも少し西側を指さす。

「なるほど。もしかすると、そっちの方にある宿に泊まっているのかもしれませんね。宿に入った後に行ってみましょうか」

「ん」

宿に到着し、馬を預けて部屋を二つ取った後、二人は街に繰り出した。宿のおかみさんが「外から来た観光客なら、今日の祭りには絶対に行くと思うよ」と自信ありげに言ったからだ。

目的は人探しだと思いつつも、カーティスは心の中でスキップした。

（ノアちゃんと祭りに行けるなんて夢みたいだ！　初旅で祭りなんて、絶対に印象に残るよな！　がんばって楽しい思い出にするぞ！）

心の中で気合を入れるカーティス。まずは美味しいものだと、ノアが好きそうなものは売ってないかと、鋭い目で周囲をうかがう。

ノアは鼻をクンクンさせると、街の中心街に向かって指をさした。

「あっち」

「さっきとは逆方向ですね。祭りを見に外出しているのかもしれませんね」

「ん。多分そう。きっと会える」

二人は街の中心地に向かって歩き始めた。

薄暗くなってきた街に、街灯がともり始める。心が躍るような楽しげな祭りの音楽が聞こえ始め、それに合わせて人がどんどん増えていく。

(いいねえ。祭りって感じで。でも、このまま人が増えたら、ノアちゃんが人混みに流されちゃうよな)

並んで歩けないのは残念だが、彼女の安全を優先すべきだろう。

「ノアさん。人が多くなってきましたから、私の後ろを歩いてもらえますか」

「ん。了解」

カーティスの言葉に、ノアがこくりと頷く。そして、彼の後ろに回ると、彼が守るように差し出した左手の親指をギュッと掴《つか》んだ。

(……!)

カーティスは思わず身を固くした。バッと後ろを振り向くと、ノアが不思議そうな顔をして彼を見上げた。

「はぐれると困る」

「そ、そうですね!」

そう答えながら、彼は思わず天を仰いだ。

(ぐあああ! 手! 手つなぎ! しかも握り方超かわいい!)

実を言うと、カップルを横目で見て、ちょっと手とかつなぎたいなーとは思っていた。しかし、今は人探しの任務中だし、いくら何でもそれはないだろうと諦めていた。そんな時に、ノアからの手つなぎ。嵐のような心臓の動きに全身がバラバラになりそうだ。

憤死寸前のカーティスに、「右の方」と指示するノア。

分かりました。と、歩きながら、カーティスは必死で息を整えた。

（今は人探し！　人探し！　任務中だ！　ノアちゃんにいいところ見せるんだろ、俺！）

彼は何とか平常心に戻ると、なるべく普段通りに尋ねた。

「どうですか？　近づいてきていますか？」

「ん。かなり」

「方向はこのままで良いですか？」

「ん。もうちょっと右」

そして、二人が、祭りの中央部分を横切り、そのまま屋台通りに向かうように歩いていた、その時。

突然、ノアの握る力が強くなった。

「いた！　クレア！」

「え？」

「あそこ！　紫色のワンピース！」

ノアが脱兎《だっと》のごとく駆け出した。

カーティスが慌てて後を追うが、人混みを縫うように進むノアのスピードには敵わず、すぐに見失ってしまう。

(ま、まずい！　ノアちゃんどこだ!?)

彼が必死に目を動かしながら歩いていると、視界に紫色のスカートが飛び込んできた。

(……！)

それは紺色の短めの外套を羽織ってフードを被った女性。フードの間から恐らく銀色であろうと思われる艶やかな髪の毛がこぼれている。知的な顔つきや身だしなみの良さからして、貴族の可能性が高そうだ。

(……もしかして、あれが「クレア」か？)

カーティスがまじまじと女性をながめていると、その体に小さな何かが飛びついた。

(あ、ノアちゃん！)

驚いたような顔をする女性。優しそうに目を細めると、ノアの頭を撫でて何かしゃべり始める。

カーティスはホッと胸を撫でおろした。どうやら目的の人物に会えたらしい。

(ここに来るまでは長かったけど、見つかるのは早かったな)

そして、二人のところに歩み寄ろうとして。彼は長身の男が女性の横に立っているのに気がついた。

漆黒の髪に黒っぽい外套。縁の太い大きな眼鏡をかけてもなお、顔立ちが整っていることが分かる美青年だ。

カーティスは首を捻った。

(……あの男、なんか見たことある気がする)

誰だっけ。と、顎に手を当てて思い出そうとするカーティスの元に、ノアが女性を引っ張ってきた。

「カティン。これがクレア。クレア、こっちがカティン」

偽名を名乗る必要がないのも楽だな。と思いながら、カーティスが折り目正しく頭を下げる。

クレアも同じように頭を下げると、彼を見て微笑んだ。

「聞きましたわ。ジュレミに依頼されてノアをここまで連れてきてくれたのですね。ありがとうございます」

礼儀正しいしっかりした女性だなと思いながら、いえいえ、と謙遜するカーティス。

隣の男が口を開いた。

「俺からも礼を言わせてくれ。感謝する」

いえいえ。と、控えめに微笑みながら男を見て、カーティスは思わず口をポカンと開けた。

(え⁉　み、見たことあると思ったら、こ、これって、ジルベルト王子じゃん！)

ジルベルトの方もカーティスに見覚えがあったのか、形の良い目が若干見開かれる。

他国に侵入している貴族騎士と、明らかにお忍びの様子の女性を連れた第一王子の遭遇。微妙な空気が四人の間を流れる。

そんな空気を物ともせず、ノアが真面目腐って言った。

「カティアン。こっちはジークフリード。ジークフリード。こっちはカティアン」

クレアがクスクスと笑い出した。

「さっきはカティンって聞いた気もするけど、ここはカティアンとジークフリードでいいんじゃないかしら」

薄《う》っすらと苦笑いを浮かべながら、「まあ、そういうことにしておいた方が平和そうだな」と手を差し出すジルベルト。

分かりました。と、その手を握り返しながら、カーティスは思った。なるほど。名前を覚えてもらえないのは俺だけじゃなかったんだな。——あと、名前を間違って覚えられるのも悪いことばかりじゃないんだな。と。

＊

翌日。曇った銀のような薄白い明るみが空に広がる早朝。

リリムの街の門から少し離れた、道が左右に分かれる場所で、ノアとカーティス、クレアとジルベルトの四人が馬二頭と共に立っていた。

「まあ！　じゃあ、コンスタンスさんのところにも行ってくれたのね」

「ん。フィリップといた」

「ふふ。あの二人、本当に仲が良いわよね」

「ん。なかよし」

ノアがリュックサックの中から箱を取り出した。

「あとこれ。〈変化の腕輪〉」

「わざわざこれを届けに来てくれるとは思わなかったわ。ありがとうね」

微笑みながら猫耳のついた頭を撫でられ、気持ちよさそうに目をつぶるノア。

ノアのリラックスした様子を見て、カーティスは頬を緩ませた。

（ノアちゃん。楽しそうだな）

コンスタンスと一緒にいる時も楽しそうだったが、クレアと一緒にいる時の方がその何倍も楽しそうだ。きっとかなり仲が良いのだろう。

（……それにしても、人って変わるもんだなあ）

カーティスは、そっとクレアの斜め後ろに立っているジルベルトをうかがった。

約半年前、彼は国境沿いの魔獣討伐に派遣された。

隣国の騎士団の先頭に立っていたのは、このジルベルト第一王子。その場にいる者を圧倒する剣術と魔法で、次々と魔獣を討伐し、一般人はもちろん複数の騎士たちの命を救った。カーティスたちも何度も彼に命を救われた。

（あの時は本当に鬼気迫るって感じだったよな）

氷のような表情で魔獣を討伐していくジルベルトの様は、尊敬されると同時に恐れられてもいた。騎士の中には「魔獣より怖い」と言い出す者がいるほどの強さと冷たさ。

しかし、今。ジルベルトは本当に同一人物かと疑うほど穏やかな顔をしており、時折微笑みのようなものさえ浮かべている。当時を知っている人間が見たら二度見どころか三度見するレベルだ。

（……きっと、クレア嬢のお陰だろうな）

表情豊かな明るい雰囲気の女性。彼女がジルベルトの心の氷を溶かしたに違いない。

仲睦《なかむつ》まじそうに寄り添い微笑み合う二人を見て、温かい気持ちになるカーティス。

ノアが尋ねた。

「クレアはこれからどこに行く？」

「辺境伯領に向かおうと思っているわ。家族に会ってもらいたくて」

少し照れたように笑うクレアに、ノアが真面目腐って頷いた。

「ん。ジークジオンなら大丈夫」

「……なんか色々違うけど、まあ、いいわ」

仕方ないわね。という風に笑いながらクレアがノアの頭を撫でる。

「じゃあ、私たちはそろそろ行くわね。魔女の森はここから直線距離で行けば四、五時間くらいだそうよ。今日中に帰れると思うわ」

「ん。分かった」

クレアがカーティスの方を向いた。

「カティアン様。ありがとうございました。助かりましたわ」

「いえいえ。私は単なるノアさんの付き添いですから」

カーティスが爽やかな笑顔で応《こた》える。そして、クレアの後ろに立っているジルベルトに深々と頭を下げた。

「その節はありがとうございました。実り多き良い旅をお祈りしております」

＊

「じゃあ、先に行くわね。元気でね」

「ん。クレアも気をつけて」

「ノアもね。ジュレミによろしくね！」

馬に乗り、ノアに手を振りながら去っていくクレアと、目礼するカーティスに、目礼を返すジルベルト。

そして、二人が見えなくなって。

ずっと手を振って見送っていたノアが、ぽつりと言った。

「良かった。クレア、幸せそう」

「そうですね。私の目から見ても幸せなお二人に見えました」

「ん。……でも、お別れはさびしい」

しょんぼりするノアを見て、カーティスは切ない気持ちになった。

（大切な友だちとの別れは辛《つら》いよな）

彼は身を屈《かが》めると、ノアに笑いかけた。

「きっとまた会えますよ」

「……ん」

「我々も、途中の街で何か美味しいものを食べながら帰りましょう」

「ん！」

ほんの少しだけ元気になったノアを前に乗せ、カーティスが馬を走らせ始める。

その後。二人は寄り道しながら馬を進め、夕方前に魔女の森に到着した。

＊

「そうなのね。じゃあ、クレアちゃんに無事に腕輪を届けられたのね」

「ん。で、その後、お祭りにいった」

「あら。良かったわね。楽しかった？」

「ん。帰りにおいしいものたくさん食べた」

森を経由してジュレミの店に帰ってきた後、「お茶でも飲んでいきなさいよ」と引き留めるジュレミの言葉に甘えて、カーティスは店の二階でお茶を飲んでいた。目の前では、ノアがお菓子を食べながら、無表情ながらも楽しそうに旅の報告をしている。

ジュレミが微笑んだ。

「どうやら楽しかったみたいね」

「ん！　クレアにも会えたし、見たことないものもたくさん見た」

「あら。素敵ね」

「ん！　お菓子もサンドイッチも全部おいしかった！」

ノアが楽しそうに話す様子を見て、カーティスは幸せな気持ちになった。

(良かった〜！　楽しい旅にしようとがんばった甲斐《かい》があった！)

しばらくして、夢中で話すノアの目がとろんと眠そうになってくる。そして、大きなあくびをすると、何の前触れもなく舟をこぎ始めた。

ジュレミが目を細めた。

「ふふ。寝ちゃったわね。本当に楽しかったのね。ありがとうね。カーティス。こんなに楽しそうに帰ってくるとは思わなかったわ。貴方のお陰よ」

「いえいえ。私の方こそとても楽しかったです」

椅子の上で揺れるノアを見て口元を緩めるカーティス。いつまでも見ていたいが、ノアも疲れている。早目に暇《いとま》をすべきだろう。

ノアを起こさないように、カーティスがゆっくり立ち上がった。

「では、私はそろそろ帰ります」

「ええ。本当にありがとうね。今日はゆっくり休んでちょうだい」

門まで送るわ。と、ジュレミも席を立つ。

そして、二人が部屋を出ようとドアを開けた、その時。

ノアがむくりと起きた。

「……帰る？」

「はい。帰ります。ノアさん、ゆっくり休んでくださいね」

「ん。ありがと」

カーティスの優しい言葉に、目をこすりながら、こくりと頷くノア。そして眠そうな目で彼を見ると、ゆっくりと口を開いた。

「じゃあ、またね。カーティス」

「はい。またお会いしましょう……、って！　え!?」

ピシリと固まるカーティスに、ノアが不思議そうな目を向けた。

「どうしたの？　カーティス？」

「い、いえ。ええっと、その。おやすみなさい。ノアさん」

「ん。おやすみ」

呆然《ぼうぜん》としながらジュレミに見送られて店を出ると、カーティスは馬に飛び乗った。常歩《なみあし》で街の中を通り抜け、郊外に出る。

そして、しばらく馬を走らせ。誰もいない野原で馬を降りると。彼は両手でガッツポーズを決めて叫んだ。

「やった!!　ノアちゃんに名前を覚えてもらえたぞ!!」

うおおおお。と、涙を流しながら雄たけびを上げるカーティス。

後に、彼は言った。人生であんなに達成感と幸福感を味わったことはなかったし、これからもきっとないだろう。と。

＊

アレクドラ王国の王都。

繁華街から少し離れた高級住宅街にある、衛兵詰め所にて。

入り口に立っていた若い騎士が、通りの向こうから、一人の少女が歩いてくるのを見つけた。

(あ、ノアちゃんだ！)

歩いてくるのは、緑色のローブを羽織った小柄な少女。買い物帰りらしく、前が見えているか怪しいほど大きな荷物を抱えている。

彼は足早に近づくと、礼儀正しく少女に微笑みかけた。

「おはようございます。ノアさん。大変そうですね。お荷物お持ちしましょうか」

騎士を見上げるノア。黒目がちの目が緩んだ。

「ん。お願い。カーティス」

騎士は満面の笑みを浮かべて、勢いよく頷いた。

「はい！　お任せください！」

並んで歩き始める二人。

春の陽射《ひざ》しが二人を暖かく照らしていた。

書籍版書き下ろし　市場で勝負！

ラームの家を出てからしばらくして、ようやく旅慣れてきた、初春のある日。

馬に乗ったクレアとジルベルトは、辺境伯領から少し離れたところにある、城壁に囲まれた街に到着した。

「モルゲンの街だ。次の街はやや遠い。少し早いが、今日はここで休もう」

上から降ってくるジルベルトの声に、分かったわ、と頷《うなず》きながら、クレアは城壁を見上げた。夕方の気配が漂い始めた空に、鮮やかな赤色の旗がはためいている。

（遠目から見た時も思ったけど、この旗は何なのかしら。見たことがないわ）

ジルベルトも同じことを思ったのか、馬から降りて、城門の前にいた門番に二人分の入場税を渡すと、旗を指さしながら尋ねた。

「あれは何だ？」

「ああ。ありゃ市場の開催合図でさ。黄色が三日前、橙《だいだい》色が前日、赤色が当日って意味です」

「ほう。面白いな」

「ええ。あの旗の色を見て、このへんの奴《やつ》らがみんな集まってくるんです。――ああ、宿屋なら中央通りにあるリュクス亭がお勧めですよ。高いがあそこなら確実に空いているし、馬も預かってくれるはずでさ」

ジルベルトは兵士にお礼を言うと、クレアの乗った馬を引きながら城壁内に足を踏み入れた。

「わあ！」

目の前に広がる光景に、クレアは目を輝かせた。

城門のすぐ正面にある大きな広場には、臨時に建てられたような小さな店がたくさん立ち並んでおり、野菜や果物、加工品などの食料や、民芸品などが所狭しと並べられている。買い物客も多く、大きな籠を抱えた人々が店を物色している。

（にぎやかな街って、いいわね）

楽しそうに周囲を見回すクレアを見上げながら、ジルベルトが目を細めた。

「まだ時間も早い、荷物を置いたら少し見てまわるのはどうだ？」

「賛成！　楽しみだわ！」

ジルベルトの提案に満面の笑みを浮かべながら、クレアは密《ひそ》かにマントの下でぐっとこぶしを握った。

（これはチャンスよ！　今日こそは、ジル様に美味《おい》しいものをご馳走《ちそう》するわ！）

楽しい楽しいジルベルトとの旅。しかし、クレアには一つ悩みがあった。

（ジル様、全部お金を払っちゃうのよね……）

男性が女性にお金を出すのは普通のことだ。むしろ女性がお金を出してしまったら、男性が甲斐性《かいしょう》なしに見られてしまうので、ジルベルトがお金を出した方が良いし自然だ。それは彼女も重々承知している。でも、どうしても思ってしまうのだ。「私も美味しいものをジル様にご馳走してあげたいわ」と。いつも気遣ってくれる彼に感謝の気持ちを表したい。

（お店でお金を払ったら悪目立ちしてしまいそうだけど、屋台だったら自然に振舞《ふるま》いさえすれば大丈夫じゃないかしら）

そんなわけで、クレアはジルベルトにご馳走するチャンスを狙《ねら》い始めた。幸いなことに今は収穫祭の時期で、どこの街にもたくさんの屋台が並んでいる。さりげなくジルベルトの好きなものを買って一緒に食べよう。

しかし、彼はとてもスマートで、気がつくとお金が払われており、財布を出す隙《すき》もない。

（困ったわね。このまま旅が終わってしまいそうだわ）

思い悩むクレア。そして、彼女はひらめいた。ご馳走していると見えないようにすれば良いのではないか。と。

（これだわ！　これしかないわ！）

馬上から下を歩くジルベルトの艶《つや》のある黒髪をながめながら、彼女は内心ニヤリと笑った。

覚悟しなさい、ジル様。今日こそはばっちり美味しいものをご馳走させてもらうわよ。と。

＊

兵士に勧めてもらった中央通りにあるリュクス亭は、手入れの行き届いた可愛《かわい》らしい宿だった。白い壁にオレンジ色の屋根で、通りに面した窓には赤い春の花の鉢植えが掛けられている。

ジルベルトは、クレアをそっと馬から下ろし、入り口にいた青年に馬の世話を頼むと、宿の中に入った。受付にいた愛想の良い中年女性に部屋を二つ取ってもらうと、鍵《かぎ》を受け取りながら尋ねた。

「市場に行きたいのだが、何か注意点はあるか？」

「そうだね。暗くなると混んでくるから、行くなら明るい今のうちの方がお勧めだね。それと、治安はいいけど、たまに悪い奴もいるから気をつけるんだよ。あとは、……」

気前良く色々と役立つ情報を教えてくれる女性。

彼女にお礼を伝えた後、二人は部屋に荷物を置くと、外に出た。

「それでは行くか」

「はい」

差し出された男性らしい、ごつごつとした手に、クレアが自分の手をそっと重ねる。ジルベルトはそれを優しく握ると、ゆっくりと広場に向かって歩き始めた。温かくて大きな手に、少しドキドキしながら横を歩くクレア。

まず二人が向かったのは、受付の女性が「この街の名物だから絶対に食べていきな！」と勧めてくれた料理を出すらしい大きめの屋台だ。白い湯気がもうもうと立ち込める屋台の前には、たくさんの人が楽しそうに並んでいる。

「まだ早いのに、随分と人が並んでいるな」

「そうね。多分、とても美味しいんじゃないかしら」

クレアはジルベルトと共にその行列の最後尾に並ぶと、期待に胸を膨らませながら屋台の中を覗《のぞ》き込んだ。湯気の向こうに、数名の男女が忙しそうに動き回っているのが見える。漂ってくるのはよく煮込んだシチューらしき香り。

（なんて美味しそうなのかしら。楽しみすぎるわ）

順番が回ってくると、ジルベルトが受付の女性から聞いた、この街の名物らしきメニューを頼んだ。

「鶏肉とキノコのラップサンドを二つに、カブのクリームシチューを二つ」

「はいよ！」

売り子の少年が、作ってあったラップサンド二つと、大鍋から紙カップに注いだシチューを手際よく紙袋に入れてくれる。ジルベルトからぴったりのお金を受け取ると商品を差し出した。

「熱いから気をつけて！」

「ああ。ありがとう」

二人は屋台のそばに置いてあるベンチに並んで座ると、ラップサンドとシチューを食べ始めた。

「美味しい！　カブってこんなに美味しかったのね」

「このラップサンドも食べたことがない味だが、なかなかだ。キノコのソースが良い味を出している」

お互いに感想を言い合いながら、名物料理を美味しく堪能《たんのう》する。

そして、食べ終わり、さあ行こうという段になって。クレアは軽く息を吸い込むと、なるべく自然に微笑《ほほえ》みながらジルベルトを見上げた。

「ジル様。ちょっとした勝負をしません？」

「勝負？」

クレアの口から出た意外な単語に、ジルベルトが少し驚いたような顔をする。

「どのような勝負だ？」

「これから別れて、お互いが好きだと思う食べ物を買ってくるの。より好きなものを買ってきた方が勝ちよ」

ジルベルトが、面白そうだな、という風に微笑んだ。

「二人とも同じぐらい好きなものを選んだらどうなるんだ？」

「そうね。その場合は引き分けかしら。もう一回勝負してもいいわね」

「なるほど。勝負が決まるまでか。面白いな。やってみよう」

ジルベルトの賛成の言葉を聞いて、クレアがにっこり笑って立ち上がった。

「じゃあ、三十分後にこの場所に戻ってくる感じでどうかしら？」

「ああ。了解した」

人気《ひとけ》のない場所には行かないことと、持ち物に気をつけることを確認し、手を振りながら左右に分かれる二人。

足早に屋台の並ぶ通りを歩きながら、クレアはにんまりと笑った。

（ふふ。上手《うま》くいったわ。これで堂々とジル様に好物をご馳走してあげれるわ！）

これだったらお金を出してもおかしくないし、お互い楽しめる。我ながら良いアイディアだわ、と、自画自賛する。しかし、勝負するからには勝たねばならない。

左右に並ぶ屋台を覗き込みつつ歩きながら、彼女は思案に暮れた。

（ジル様は魚が好きだっていうのは知っているけど、ここは内陸部だから、きっとあまり美味しくはないわよね）

となると、魚以外の好物になるが、その他《ほか》の特別な好物となると、パッと思いつかない。悩んだ末、クレアは今まで二人で食べたものを思い出してみることにした。

（ええっと、昨日の夕食はジル様がオーダーしてくれたわよね。食べたのは、トマトパスタと、野菜のキッシュと、チーズラザニア、それに苺《いちご》プリンと……）

今まで食べたものの中でジルベルトの好物を特定し、最高の一品を選ぶ算段だ。そして、

（確か、旅に出て一番最初に食べたのは、クリームシチューとほうれん草のソテーとトマトチキンで……）

と、旅の始まりまでの食事を思い出し、クレアは気がついた。これって、全部私が好きなものじゃない。と、

（もしかして、ジル様が頼んでいるものって、全部私の好物ってこと……？）

そんなはずはない。きっと自分の好きなものも注文しているはずよ。と、前の旅行も含めて必死に思い出してみるものの、魚料理も含め、注文しているのはクレアの好物ばかり。ジルベルトが好きと

思われるようなものを一切注文していない。

この事実に気がつき、クレアは途方に暮れた。

ジルベルトの気遣いが分かってとても嬉《うれ》しい。自分を大切にしてくれているんだということがよく分かる。でも、この状況は大変よろしくない。

(魚以外の好きなものが分からないなんて、そばにいる者として失格だわ!)

このままではジルベルトに申し訳が立たないと、何とか彼の好きなものを思いつこうとする。

(肉はいつも美味しそうに食べていた気がするわ。男の人って肉が好きっていうし、肉なら間違いがないかしら……)

しかし、肉といっても様々な種類があるし、味付けや調理方法も合わせて考えると、組み合わせは無限大。とてもジルベルトの好みドンピシャな肉料理を選べるとは思えない。

(多分、甘いものは好きだと思うのよね。私と一緒に美味しそうに食べているもの)

甘いものはどんなものがあるのかしら、と、屋台を物色するものの、パイやらクレープ、プリンなど、数が多すぎて、彼が一番と思うような好物を選ぶ自信がない。

そして、彼女はひらめいた。

(そうだわ! お酒があるじゃない!)

ジルベルトはお酒が好きで、特に大麦を原料とする蒸留酒を好んで飲んでいる。この街の周辺には麦畑が多いから、もしかすると特産品として蒸留酒の屋台があるかもしれない。

クレアはベンチから立ち上がると、飲み物の屋台が集まっている場所に向かった。瓶に詰めたお酒を売っている屋台を見つけ、「ここならあるかもしれないわ」と、覗き込む。しかし、あるのは特産の葡萄《ぶどう》を使ったワインや、果汁にお酒を入れたものばかり。一縷《いちる》の望みをかけて、蒸留酒はないかと聞いてはみたが、「今の時期はないねえ」と首を横に振られた。どうやら蒸留酒は冬の特産らしい。

(困ったわ……)

クレアは深い溜息《ためいき》をついた。何を買えば良いのか見当すらつかない。

そして、ふと、街の中央の塔にある大時計を見て、思わず目を見開いた。

(え！　もうこんな時間!?)

悩んでいるうちに、かなり時間が経《た》ってしまっていたらしく、約束の時間まであと十分もない。

(ど、どうしましょう。は、早く選ばないと！)

大慌てで早足で歩きながら、周囲の屋台を覗き込んで、何かないかと目を光らせる。

そして、彼女は、とある小さめの屋台の前で足を止めた。

(!!　あ、あったわ！　これだわ！)

＊

約束の時間。ハンカチで包んだものを片手にクレアが待ち合わせ場所に到着すると、そこには既にジルベルトが座って待っていた。手には紙袋に入った何かを持っている。クレアに気がつくと、彼は微笑みながら、ここだ、という風に手を挙げた。

手を振って近づきながら、クレアは、彼の持つ紙袋に入った何かをチラリと見た。

(そこまで大きくないところを見ると、多分お菓子ね。パイかドーナツといったところかしら。いずれにせよ、私の好物に間違いないわ。でも、私が選んだものも結構いい線いってると思うのよね)

彼女はジルベルトの横に座ると、彼の顔を見上げた。

「お待たせしてごめんなさい。ちょっと迷ってしまって」

「そうか。実は俺《おれ》も随分迷った」

「え？　そうなの？」

クレアは意外に思った。てっきりすぐに決めてここで待っていたかと思っていた。

(迷った末に決めたということよね。一体何なのかしら？)

紙袋をジッと見るが、大体の大きさくらいしか分からない。片手で持っているところを見ると、入れ物に入ったものだろうか。

ジルベルトは、そんな興味津々といった様子のクレアに目を細めると、楽しそうに紙袋に手を添えた。

「では、冷めないうちにお披露目《ひろめ》といくか」

温かいものなのね。と思いながら、「そうしましょう」と、同意するクレア。

そして、せいのせ、で同時にお互いが買ったものを見せ合って、彼女は呆気《あっけ》にとられた。

「……え？　同じ？」

それは軽く湯気の立つ飲み物。カップは違うが、二つは紛れもなく同じ葡萄果汁のホットドリンクだ。

ジルベルトも驚いたらしく、クレアと同じように目を丸くしている。

そして、二人は顔を見合わせると、クスクスと笑いだした。

「私、てっきりジル様は甘いお菓子を選んだと思っていたわ」

「ああ。甘いものを買おうと色々見てまわったんだが、全部好きな気がして、一つに絞れなかったんだ」

困り果てていた時、春葡萄のホットドリンクを売る屋台が目に入ったという。

「これを飲んだ時、クレアが幸せそうな顔をしていたのを思い出して、これにしたんだ」

ジルベルトの話を聞いて、クレアは思わず頬《ほお》を赤く染めた。幸せそうな顔をしていたのは、飲み物のせいもあるが、彼と一緒にいたせいの方がきっと大きい。

「クレアはなぜそれを選んだんだ？」

「ジル様と同じよ。とても美味しそうに飲んでいたのを覚えていたの。それと――」

彼女は座り直すと、改めて口を開いた。

「それと、お礼を言わせて。いつも私の好物を選んでくれてありがとう。感謝してるわ」

心からの言葉に、ジルベルトが目を細めた。

「クレアが喜んで食べてくれるのが一番だからな。それに、君の好みは俺の好みにとても似ている」

「そうなの？」

「ああ。俺も甘いものは好きだし、パスタもトマト味も好んでよく食べる」

だから、気にしないでくれ。と、ジルベルトが柔らかく微笑む。

クレアは思わず顔を伏せた。彼の気遣いや、同じものが好きだという事実が、どうしようもなく嬉しくて恥ずかしい。

黙っていると、顔が真っ赤になってしまいそうで、彼女は誤魔化すようにジルベルトに自身が買ったドリンクを差し出した。

「今回は引き分けということで、冷めないうちに飲みませんか？」

「ああ。そうだな。時間はたくさんある。決着をつけるのはまた今度にしよう」

お互いに、ありがとう。と、お礼を言い合って、ドリンクを飲み始める。

「美味しい！」

「ああ。うまいな」

ジルベルトが嬉しそうに微笑む。

その端正な横顔をながめながら、「ご馳走作戦は大成功ね」と幸せな気持ちになるクレア。

そして、思った。

彼の言う通り、時間はたくさんある。これからゆっくり彼の好きなものを見つけていこう。と。

あとがき

こんにちは、はじめまして。優木凛々と申します。

このたびは本作を手に取りお読みいただきまして、ありがとうございます。

約一年前、私は、婚約破棄から始まる異世界恋愛ハッピーエンドものを書こうと思い、筆をとりました。婚約破棄をされて、素敵な男性に巡り合って恋に落ちて、最後はハッピーエンド。昔から愛されている王道ものの物語です。

しかし、書いているうちに、難問が発生しました。それは『主人公の気持ち』。書きながら、捻くれた私は思ってしまったのです。「私だったら、尽くしていた男性に婚約破棄なんてされたら、ショックで男性不信になるだろうし、すぐに他の男性を好きになるのは絶対に無理！　付き合うとか結婚とか、さらに不可能！」と。

男性不信に陥った、やさぐれ令嬢の話も面白そうとは思ったのですが、残念ながら書きたいのは王道の恋愛もの。主人公が恋に落ちてくれなければ話が進みません。

そこで、私は『人が恋に落ちる瞬間』について調べ始めました。ネットや本の中には、「さりげない気遣いが素敵だった」「容姿に一目惚れ」など、色々な恋の落ち方がありました。捻くれた私は、「優しいっていっても、実は裏があるパターンもあるよね」とか、「容姿だけ良くても中身が良くなかったらどうしようもない」など夢のないことを思っていたわけですが、数日かけてようやく「これが重なれば恋に落ちるかも」と思うものを見つけ出しました。

「誰も信じてくれない中で、自分への不利益を顧みずに、信じて助けてくれた」、「誰も見ていないところで子供や動物に優しくしていた」、そして「自分の欠点も含めて好きだと言ってくれた」の三つです。

この三つをノートに書きだしてながめているうちに、私の頭の中に、三つのシーンが浮かびました。

一つ目は、冤罪をかけられて追い詰められたヒロインに、ヒーローが着ていたマントを被せて「君は悪いことをする人じゃない」と真剣な目をしているシーン。

二つ目は、いつも不愛想なヒーローが、優しい顔で猫を抱えて歩いているシーン。

そして、三つ目は、ヒーローが、ヒロインの前で跪いて、「全部ひっくるめて君を愛している」と求愛しているシーンです。

この物語の基礎ができた瞬間でした。

そこからは、この三つのシーンを頼りに、一気に書き上げました。書いているうちに、クレアが片付け下手になったり、猫耳のノアが登場したり、王妃が腹黒くなったり、登場人物が勝手に動き出して、予想外の話になりましたが、どうにか完結までたどりつけ、ありがたいことに本になりました。

読んで頂いた皆様には、感謝しかありません。

最後に、初書籍化の私に丁寧な指導をして下さった編集者様、美麗なイラストを描いてくださった鳥飼やすゆき様、その他、関わって下さったすべての皆様に、この場を借りてお礼を申し上げます。

それでは、またどこかでお会いできることを願って。

二〇二三年　優木凜々

男性不信《だんせいふしん》の元令嬢《もとれいじょう》は、好色殿下《こうしょくでんか》を助《たす》けることにした。

初出……「男性不信の元令嬢は、好色殿下を助けることにした。」
小説投稿サイト「小説家になろう」で掲載

2023年3月5日　初版発行

【著　　者】優木凛々《ゆうきりんりん》
【イラスト】鳥飼《とりかい》やすゆき

【発 行 者】野内雅宏

【発 行 所】株式会社一迅社
〒160-0022
東京都新宿区新宿3-1-13　京王新宿追分ビル5F
電話　03-5312-7432（編集）
電話　03-5312-6150（販売）

発売元：株式会社講談社（講談社・一迅社）

【印刷所・製本】大日本印刷株式会社
【D　T　P】株式会社三協美術

【装　　幀】AFTERGLOW

ISBN978-4-7580-9536-5

Printed in JAPAN

おたよりの宛先
〒160-0022
東京都新宿区新宿3-1-13　京王新宿追分ビル5F
株式会社一迅社　ノベル編集部
優木凛々先生・鳥飼やすゆき先生